W0267654

POEDU

ELIF VERLAG 2021
ISBN 978-3-946989-38-7
Druck CPI, Leck
Layout/Grafik Ümit Kuzoluk

POESIE VON KINDERN FÜR KINDER

HERAUSGEGEBEN VON KATHRIN SCHADT

MIT ILLUSTRATIONEN VON PETRUS AKKORDEON
UND EINEM VORWORT VON MONIKA RINCK

Für mich ist Poesie wie ein großer Himmel, wo ganz viele Wörter drin sind.
Und die Wörter sind die Kinder […]
Rübezahl Cocktail, 7

Dieses Buch ist allen Kindern gewidmet, auch denen, die es einmal waren. Und meinen Eltern Petra und Peter.

Kathrin Schadt ist Autorin und Mutter einer 7-Jährigen. Aufgrund des ersten Lockdowns in Barcelona ab dem 13. März 2020, erfand sie für ihre Tochter Greta zunächst in privatem Rahmen eine Poesiewerkstatt. In wenigen Tagen fand dieses Projekt überraschend viele Neugierige, über 60 Familien haben sich seither online angemeldet, dazu Institutionen und über 40 namhafte Dichter*innen aus dem deutschsprachigen Raum.

POEDU wurde das Projekt genannt, weil Poesie meist etwas ist, das Erwachsene für Erwachsene machen. Also PoeSIE. Kathrin Schadt hatte aber im Sinn, eine Kinderwerkstatt zu schaffen, bei der alles erlaubt ist, bei der jede und jeder mitmachen darf: ich, er, sie und du. Wir machen PoeDU. Darin steckt auch noch fein und heimlich das Wort EDUcación, Spanisch für Bildung und PuEDo, ich kann.

Die Idee war, Kinder und Jugendliche an die Möglichkeiten unserer Sprache heranzuführen. Als Quelle, als Ventil, als Befreiung, fern von zähen Homeschooling-Aufgaben. In Zeiten der Krise brauchen auch Kinder Ausdruck und Hoffnung.

Jeden Freitag wurde den teilnehmenden Kindern von März bis Weihnachten 2020 eine Poesieaufgabe von einer/einem anderen bekannten Poetin/Poeten gestellt. Innerhalb einer Woche konnten die Kinder dann die Ergebnisse zunächst in einer geschlossenen, virtuellen Gruppe untereinander austauschen, Fotos und Videos hochladen, miteinander auch in Quarantänezeiten in Kontakt kommen. Freitags wurden auf der öffentlichen POEDU-Facebookseite und auf *Fixpoetry* jeweils die neusten Gedichte veröffentlicht.

Nun gibt es dieses Buch. Zum Lesen, Schreiben, Nachahmen: zum Poeduen. Alle Gedichte, die ihr selbst zu den hier gestellten Aufgaben schreibt, liebe Kinder und erwachsene Kinder, dürft ihr in dieses Buch hineinschreiben, hinter jedem Kapitel findet ihr Platz dafür. Und ihr dürft uns auch eure Ergebnisse schicken - oder euch gleich für die laufende Werkstatt anmelden und direkt beim aktuellen POEDU mitmachen:
das.poedu@gmail.com

Das vorliegende Buch entstand aber auch, um diese besondere Pandemiezeit festzuhalten, in der die Welt aus den Fugen geriet und wir sie uns gemeinsam mit Worten wieder zusammenfügten.

STIMMEN ZUM POEDU

Danke, dass wir so schöne Momente mit dem POEDU teilen können, dass wir Gedichte lesen dürfen, die uns zum Lachen und Weinen und Nachdenken bringen und, dass wir mit unserer Liebe für die Sprache nicht einsam dastehen. Danke, dass mein Kind dank der Worte wieder gespürt hat, dass er weder allein noch machtlos ist.
Mutter eines 7-Jährigen

Das POEDU tut viel Gutes. Meine Große ist ein sehr ernsthaftes Kind, sie ist manchmal traurig, dass sie kaum Kinder kennt, die ihre Interessen teilen. Es tut ihr sehr gut, auf POEDU zu sehen, dass es auch andere Kinder gibt, die gerne schreiben und über Wörter nachdenken.
Mutter zweier Mädchen (7, 9)

Mit Sprache spielen ist ein herrlicher Einstieg ins Wunder Sprache.
Marie Dippelreiter, Vizepräsidentin der Österreichischen Kulturvereinigung

Bei uns ist POEDU zu Hause ein richtiges Thema, um nicht zu sagen, es traf ein wie ein Licht. Tausend Dank für dieses schöne Projekt!
Anke Bastrop, Autorin und Mutter zweier Mädchen (8, 10)

Vielen lieben Dank für die Mühe und das Kümmern. Freu mich so über Ihr POEDU, jede Woche aufs Neue. Eine meiner Schülerinnen war am Freitag sehr stolz! Und wieder ein glückliches Kinderseelchen mit Hilfe des POEDUS.
Eltje Betz, Lehrerin

POEDU macht wirklich Spaß! Ich lese das so gern, das gibt's gar nicht, wie toll die Texte sind. Meine Frau und ich schauen jeden Tag als Allererstes rein.
Yevgeniy Breyger, Autor

Diese Woche habe ich die Poesieaufgabe im POEDU, einem Literaturprojekt für Kinder und Jugendliche von Kathrin Schadt, gestellt. Jetzt habe ich ganz wunderbare Gedichte von Kindern diese Woche dazu gelesen und muss sagen, diese Aufgabe ist das Beste und Sinnvollste, was ich seit langem gemacht habe.
Julia Dathe, Autorin

Ich amüsiere mich beim Lesen köstlich. Mich freut diese Frische, die Schönheit und die Liebe, die jeder Post enthält. Es ist pur. Vielen Dank für diesen neu kreierten, so notwendigen Raum in dieser Zeit. Ich lese meinem Mann, der im Homeoffice arbeitet, immer wieder die Texte vor, und wir freuen uns mächtig.
Elsye Suquilanda, Autorin

INHALT

Die Wochenangaben beziehen sich auf den Lockdown in Barcelona, der am 13.3.2020 mit den Schulschließungen begann, und wo die Herausgeberin Kathrin Schadt mit ihrer Tochter die Pandemie verbrachte. Während des Lockdowns durften die Häuser nicht verlassen werden. Erst zur Phase 0 gab es erste Lockerungen, die z.B. einen Spaziergang mit Kind zu vorgegebener Zeit erlaubten. Phase 1 brachte weitere Lockerungen, wie z.B. sportliche Aktivitäten, ebenfalls zu festen Zeiten. So wurde immer weiter gelockert, bis zur Neuen Normalität, *was 100%-ige Maskenpflicht drinnen wie draußen, Abstandsregeln usw. beinhaltete. Kurz darauf gab es eine Rückkehr zu strengeren Maßnahmen, u.a. wurde das Versammlungsrecht auf maximal sechs Personen zurückgestuft etc. Am 14.9.2020 wurden die Schulen nach sechs Monaten wieder geöffnet. Am 16.10.2020 wurden dann wieder Bars, Restaurants und Unis geschlossen (letzter Stand vor Buchdruck).*

VORWORT

rosen blut wampiere
Tomatenkartenspiele

Es gibt wahrscheinlich eine kurze Phase im Leben jedes Menschen, in dem er oder sie eine eigene Sprache spricht, die, wenn es gut geht, von zwei oder drei weiteren Menschen verstanden wird, oder zumindest gedeutet werden kann. Was man etwas unterkühlt Spracherwerb nennt, ist eigentlich unbezahlbar. Spracherwerb ist nicht das richtige Wort für die ersten Äußerungen einer Sprache, die aus der Symbiose heraustönen. Es ist eine Entwicklung, die alles beinhaltet, was sich sagen lässt. Oft entstehen in dieser Zeit die schönsten und genauesten Neologismen, die uns noch Jahrzehnte später als Anekdote begegnen. Weißt Du noch, wie Du damals zu Karottenbrei immer Güllerotzmotz gesagt hast? Ein sehr treffender Name für Karottenbrei, der verdient, dass man sich an ihn erinnert.

Die Sprache kommt anfangs gerne in Reimen, in Versen daher. Die Sprache beschwört und tröstet, beruhigt und berichtet, selbst wenn das Kind den Sinn der Worte noch gar nicht versteht. Sie funktioniert dennoch. Denn alles andere an der Sprache wird verstanden. Die Sprache beinhaltet Laute und Geräusche, sie imitiert Tiere, Pflanzen und Maschinen. Man kann alles mit ihr machen.

Und was man alles mit ihr machen kann, zeigen die POEDU-Kinder in dem Buch: POEDU. Was für eine Fülle tritt den Leser*innen gleich auf den ersten Seiten entgegen. Das Herz geht auf! Hier wird mit großem Ernst gespielt und das Spiel so ernstgenommen, dass es eine Lust ist. Die Aufgaben am Anfang der einzelnen Kapitel erscheinen oft hundertfach übererfüllt zu sein. Es ist für Menschen in jedem Alter eine schöne und sehr erheiternde Lektüre. Reime und Lügen, die Verbundenheit der Klänge und ihr verführerisches Flüstern, ganz knapp an der Realitätsprüfung vorbei. Durchgewitscht! Gerade nochmal entkommen.

Und wie schön es ist, Verse in oft so erfindungsreicher alternativer Rechtschreibung zu lesen und Befehle zur Kenntnis zu nehmen, die zunächst unmöglich zu sein scheinen. „Los, schwimm zurück in den Garten!“ Alles spricht, und alles ist ansprechbar. Es ist ein großzügiger Hochgenuss, der außerdem zum Mitmachen, Nachmachen und Neumachen einlädt. Anleitungen zum Jubel und zur Beschimpfung, Schriftcollagen, Gedichte in den Sprachen der Tiere, Gedichte in altehrwürdigen Formen wie dem Akrostichon, übersetzte Gedichte, Gedichte mit Gebrauchsanleitungen und Pflegehinweisen, Gedichte, die sich auf der Schwelle zwischen den Sprachen treffen, und die bevölkert sind von Wesen, die es gar nicht, aber im Gedicht dann ja doch gibt. Denn da ist Platz dafür. Die erneuerte Erinnerung daran, wie groß dieser Platz ist, ist ein Geschenk, das POEDU und alle an der Entstehung des Buches Beteiligten uns machen. Danke!

Monika Rinck, Oktober 2020, Wien

WIE ALLES BEGANN
UND EINFÜHRUNGSSTREICH: WAS IST POESIE?

20. März 2020

„Liebe Kinder,

ab jetzt schicke ich euch jeden Freitag eine Poesieaufgabe. Und bis zum nächsten Freitag schickt ihr mir, was ihr daraus gemacht habt. Wir haben jetzt auch eine Facebookseite, schaut sie euch gerne mal an: POEDU @kinderpoesie. Wir haben außerdem eine Facebookgruppe, dort könnt ihr euch anmelden, wenn ihr mögt. Die ist nur für uns, d.h. alles, was da reinkommt und kommentiert wird, sehen nur wir, die Familien und Autor*innen der Poesiewerkstatt.

EURE EINFÜHRUNGSAUFGABE: Nehmt ein Video von euch auf, in dem ihr auf die Frage antwortet: „Was ist Poesie?“. Und in dem gleichen Video könnt ihr, müsst ihr aber nicht, noch die Frage beantworten: „Warum brauchen wir Poesie?“. Wer Videos doof findet, kann die Antwort natürlich auch aufschreiben, klar! So, und weil heute die erste Stunde ist, hab ich noch eine kleine Zusatzaufgabe für euch:

EINFÜHRUNGSAUFGABE EINEINHALB: Ihr braucht noch einen Namen, wie wollt ihr als Poet*in heißen? So wie ihr nun mal heißt? Oder mögt ihr vielleicht einen Namen erfinden, mit dem ihr dann schreibt? Das wäre total ok, es gibt viele Leute, die das so machen, das nennt man Pseudonym, d.h. du heißt z.B. eigentlich Karl Otto, schreibst aber als Felina Schokominza, weil das einfach viel besser klingt. Und dann brauche ich noch einen kleinen Text über euch: Name, Alter, wo ihr herkommt und was ihr sonst noch gerne über euch erzählen mögt. Maximal drei Sätze. Und ich brauche noch ein Foto oder ein selbstgemaltes Bild von euch.

Ich freu mich schon. Greta auch. Bleibt gesund und macht POEDU!
Eure Kathrin, Greta und Lotte (Hund), euer Tapatoc (Papagei) und euer POEDU.“

∞

Ich denke, Poesie ist etwas Besonderes. Manche Leute können es und manche können es nicht. Andere können es wiederum schnell und andere langsam. Es gibt Menschen, die haben es erlernt, und andere können es seit der Geburt. – Alina, 10

∞

Poesie ist ein weibliches Wort oder eine Mehrzahl, obwohl es sich eher wie Singular anhört. – Leo, 10

∞

Poesie ist Freiheit und Fantasie. Wir brauchen sie, um die Fantasie zu zeigen. Sie steht in der Welt wie ein Stern oder ein Regenbogen. – Mira Mausebein, 10

∞

Poesie macht mir Spaß, ich entspanne mich dabei und man kann schreiben, was man will!
– Rike, 8

∞

Ich weiß, was Poesie ist! Erdbeereis (lacht vergnügt). – Goldener Ritter Prinz, 4

∞

Ich glaube, Poesie ist, wenn die Wörter etwas verbindet und sich die Wörter mögen.
– Gwang, 11

∞

Poesie ist für mich: Gedichte schreiben, Wörter, die so schnell weg sind, wie sie gekommen sind. – Tintenfisch, 8

∞

Für mich ist Poesie so etwas wie die Kunst des Schreibens. Ohne sie gäbe es keine Geschichten, keine Gedichte, keine Theater. Deshalb ist sie sehr wichtig für uns.
– Isabell Coffeecup, 11

WAS IST POESIE?

DAS BIN ICH (KURZBIO + FOTO)

POEDU 1. STREICH – AUFGABE VON ANDREA KARIMÉ

„Lies mein Mini-Gedicht. Schreib nun selbst ein kleines Gedicht, das mit der Zeile *Mein Lieblingswort* beginnt. Es darf lang, kurz, lustig, verrückt, ernst, grau, und vieles werden. Erfinde, was dein Lieblingswort macht und tut und mag und und und. Vielleicht geht es auf eine Reise? Vielleicht spricht es viele Sprachen? Wenn du magst, zeichne ein Bild dazu!

Mini-Gedicht von Andrea Karimé

mein Lieblingswort
schlägt Salto
verabredet sich auf einer Wiese
und springt
in einen glöcklichen Satz"

∞

Mein Lieblingswort streicht wie ein Flügel an mir vorbei.
Es bewegt die Wellen und Baumwipfel.
Es fängt die Wolken ein und schiebt sie vor sich her.
Es hat eine Schwester, die uns versorgt.
Wenn es wütend wird, kann es sich in seinen Bruder verwandeln.
– Mira Mausebein, 10 *Wind*

∞

Mein Lieblingswort dreht
sich bringt Menschen zum
Fallen
erst ein Ninja
dann ein Tornado
zieht Schlangen an und anderes
braun, gold oder
grün oder blau oder
rot oder weiß
oder oder oder – Karl Egal, 6 *Ninja*

∞

Mein Lieblingswort
ist eine farbe
nicht zu hell und
nicht zu dunkel
komt oft in meinen Bildern foar
rosen blut wampiere
Tomatenkartenspiele – Alma Shlarofski, 7 *rot*

∞

Mein Lieblingswort
verbindet mindestens zwei Menschen
es bringt mich zum Lachen
und lässt mich nie allein – Flora Frühlingsfeder, 10 *Freundschaft*

∞

Mein Lieblingswort

wenn ich draußen bin
ist sie bei mir
dann fühle ich mich frei
und spüre ihre Kraft – AnSaKi, 9 *Natur*

∞

Mein Lieblingswort
kann ich nicht nur hören
ich kann es auch riechen
öffne ich die Tür strömt es zu mir
und ich füll mich Zuhause – Peter Plappergei, 8 *Familie*

∞

Mein Lieblingswort
wohnt in den Bergen
ist einmalig
da drinnen sind Seifenblasen
und böse Monster – Alexey, 7 *Zauberkugel*

∞

Mein Lieblingswort fällt
in der Nacht auf
den harten Boden
sacht, aus der Wolke
kommt es her, fällt
auf unseren Rasenmäher. – Duana, 11 *Schnee*

∞

Mein Lieblingswort ist kochen
Ich koche in einer Zuckerküche
Das Kochen kocht am liebsten
Kochen mag essen
Aber kann nicht
Ihm fehlt der Mund
Aber es spricht Küchensprache – Anisnofla, 7

∞

Mein Lieblingswort springt gern herum
dabei macht es einen großen Bumm
mein Lieblingswort macht ganz viel Krach
danach springt es in einen Satz
und macht Platz – Budicha Buda, 5 *bleibt geheim*

MEIN LIEBLINGSWORT

POEDU 2. STREICH – AUFGABE VON ULJANA WOLF

„Lüge. Schreibe sieben Zeilen mit tollen Lügen. Wenn du willst, dürfen die Zeilen sich reimen. Reime sind auch irgendwie Lügen. Beispiel:

NACHTFLUG

Mein Haus hat neunzehn Zimmer.
In jedem Zimmer wohnt ein Hummer.
Am Morgen esse ich sechs Kugeln Eis.
Die sechste Kugel ist super heiß.
Meine Mutter kann abends fliegen.
Meine Schwester und ich
dürfen auf ihren Flügeln liegen."

∞

Es stimmt alles

Ich hasse alle Pferde.
Ich weiß schon, was ich später werde.
Der Himmel ist heute pink,
mein Haustier ist ein Fink.
Wir haben einen Strand
mit superweichem Sand.
Ich trage eine rote Weste.
Die Spinne ist die Beste. – Mira Mausebein, 10

∞

Ich trinke 100 Tassen Tee
Ein Foto wird lebendig
Cola ist gesund
Der Ozean ist kleiner als ein Aquarium
Die Schokolade wächst bis zu den Wolken
Die Sonne ist kalt
Eine Zwiebel ist süß
Schwarz ist hell – Alexey, 7

∞

Mein Vater war ein Kater
und lebte in einem Krater.
Dort drinnen gab es viele Spinnen
und viele Hasen,
die Bücher lasen.
Sie machten sich ans Werk
und bauten einen großen Zwerg. – Tintenfisch, 8

∞

In meinem Garten habe ich einen Parkour.
Ich gehe dorthin rund um die Uhr.
Im Haus gibt es 14 Zimmer.
Ich besuche sie fast immer.
Wir besitzen ein Schloss mit Turm.
Dort drin befindet sich ein Wurm.
Wir haben einen großen Tisch.
Darauf liegt manchmal ein Fisch.
Wir haben eine große Dose.
Aber heute ist darin ne Rose.
Mein Hamster ist ziemlich schick.
Dafür aber etwas dick – Kleoniki, 11

∞

Ich hab dreizehn Schwestern,
die können nicht lügen.
Ich hab ein Springseil,
das kann fliegen.
Es fliegt bis zum Weltall.
Es fliegt bis zum Mars.
Dort wächst blaues Gras.
Dort sucht meine Familie – na was?
Ostereier, krass. – Alma Shlarofski, 7

∞

Unsere Ziegen
üben gerade im Garten fliegen,
da fliegt die eine gegen den Zaun,
die andere hat es umgehaun,
seitdem können unsere Ziegen
nur noch als Piloten fliegen,
ob Mallorca, Essen oder Bonn,
die Ziege fliegt mit dir davon! – Duana, 11

∞

Schwerkraft

Vor einer Stunde am gestrigen Tag
blieb auf einmal die Schwerkraft aus
alles was vorher am Boden lag
flog plötzlich zum Fenster hinaus
Unsere Fische flogen in Blasen
im Zimmer umher und lasen
die Zeitschrift *Der ungemähte Rasen* – Sayani, 13

∞

gebogene Häuser
komische tiere
Aleszusamen
Agibtkleich so
files? Zum
Beispil
19x3 = 2 komisch
nicht finde ich
neier wie dem
Auch sei
1, 2, 3 hexerei
omgeingot!!!
da fligt ne hexe
vorbei – bro, 9

∞

Ich bin 30 Jahre alt
und wohne in nem Haus im Wald

Meine 50 Hexenbesen
fliegen um das Haus und lesen

Ich hab viele Hunde:
10 eckige und runde

Da kommt mein Frühstück angeflogen
ups, Entschuldigung, gelogen – Flora Frühlingsfeder, 9

∞

Der Löwe hat drei Schwänze
und er isst gern Mäuse beim Tanzen.
Er schläft nicht gern
und ist das schwächste Tier.
Deshalb wohnt er bei uns,
in meinem Zimmer hier.
Roaaar! – Piet Panther, 7

∞

Papa hat einen 7 m langen Bart. Mama hat 18 Warzen auf der Nase. Wir wohnen in der Milchstraße Nr. 10. Als Haustiere haben wir ein Schwein und ein Alien. Ich hab eine Rose, die sprechen kann. Mein Lieblingsspiel ist Handstand auf dem Baum. Am liebsten esse ich Steine mit Schneckenschleim. – Karline Schlumperbein, 7

∞

Der Meeresgrund

Heute Morgen um Mitternacht,
bin ich plötzlich aufgewacht.
Ich ging in den Garten, sprang in den Teich
und erwachte sogleich
wieder am tiefen Meeresgrund,
um mich herum 1000 Fischchen bunt, sahen mich an und sagten:
„Los, schwimm zurück in den Garten!“ – AnSaKi, 9

∞

Meine Brille hat 15 Herzen.
Diese Herzen klappern mit dem Geschirr,
wenn sie nicht scherzen.
Wenn sie aber scherzen,
klappern sie mit ihrem Herzen.
Aber wenn ich Rassel spiele,
dann fliegen sie davon,
zum Himmel oder irgendwann. – Budicha Buda, 5

∞

Gestern half ich dem Osterhasen,
wir liefen über roten Rasen.
Wir füllten die Schuhe von
Frau Fuchs und Herrn Maus.
Doch leider fiel mir, was,
ein Graus, die Rute aus dem
Rucksack raus. – Clarumsti aus dem Norden, 13

MEIN LÜGENGEDICHT

P

POEDU 3. STREICH – AUFGABE VON KARLA REIMERT MONTASSER

„Eine Bucket List, auch Löffelliste genannt, ist eine Auflistung von Dingen, die du im Leben erlebt haben willst, bevor du den Löffel abgibst. Auf dieser Liste notierst du dir alle Pläne und Wünsche, die du hast. Ganz gleich, wie unrealistisch sie erscheinen. Eine Wunschliste an das Leben. Wenn du deine Bucket List anschaust, solltest du ein inneres Verlangen und Freude verspüren. Viel Spaß! Karla. Tipps: Du kannst deine Liste auch für die einzelnen Jahreszeiten schreiben, für dich allein oder die ganze Familie. Achte darauf, dass die Sprache geformt ist. Beispiel:

Picknick am See
Rollerbladen

Oder

Mit Clara ein Picknick am See machen
Auf einer langen Strecke mit Rollerblades fahren“

∞

Papayas von den Bäumen rütteln
Die Hand von Lady Gaga schütteln
Lernen zu schielen
Mit meiner Freundin Tabu Corona Edition spielen
Drei Burger an einem Tag
Jemand sehen der Mücken mag
Eine Komödie drehen
Alle Filme von Harry Potter sehen
Mir einen Bugatti kaufen
Barfuß alleine durch den Kongo laufen – Duana, 11

∞

Fledermaus und Dino Experte werden
Drachenfänger und Bauarbeiter sein
Achterbahn fahren
im Dschungel forschen
ein Hörspiel aufnehmen
eine Bananen Flatrate haben
eine kurze Hose von Engelbert und Strauß tragen – Karl Egal, 6

∞

Ich wünsche mir, eine einzige Mama zu sein
Ich wünsche mir 50 Kinder
Ich wünsche mir viele Papageien, die immer, wenn ich nach Hause komme, in meinen ganzen Körper fliegen
Ich wünsche mir, Sitter von Babytieren zu sein
Ich wünsche mir, Bauchreden zu können
Ich wünsche mir, dass mein ganzes Haus voller Wasser, Fische, Wale und Delfine ist, und meine Papageien auf Seepferdchen reiten
Ich wünsche mir eine Hose, die mit Wasser gefüllt und ganz dick ist
Ich wünsche mir, mit meinen Papageien in der Badewanne zu baden, wo wir zusammenschrumpfen und durch den Abfluss in eine andere Welt rutschen
Ich wünsche mir vor meiner Haustür eine Rutsche, die mich überall hin in die Welt bringt
Ich wünsche mir, dass all meine Papageien ein Flugzeug formen, das ich von innen steuern kann
Ich wünsche mir, mit den Babytieren, die ich sitte, durch eine Türe in eine Welt aus Decken und Kissen zu gehen, wo wir tun können, was wir wollen
Ich wünsche mir, fliegen zu können
Ich wünsche mir, reiten zu lernen – Anisnofla, 7

∞

Viren studieren
Geige spielen lernen
Die Birgit schmusen
100 werden
Reiten lernen
Schnitzen lernen
Ein Buch schreiben
Pfad finden lernen
Bessere Sätze schreiben lernen
Geduldiger werden – Budicha Buda, 5

∞

Drei Fußballspiele
hintereinander gewinnen
Pompei sehen
Allein im Dunkeln
spazieren gehen
Mit einem Hund leben
Tierschützer werden
Meine Freunde wiedersehen
Ein Buch schreiben
Einen Bruder bekommen
Und ganz wichtig:
warmes Eis essen – Jajo Duselbart, 7

∞

Was ich will

Auf dem Mond tanzen
einen schwebenden Ranzen
zur Sonne fliegen
Papa im Schach besiegen
auf einem Drachen reiten
niemals streiten
ich möchte Akrobatin werden
und über ein Hochhaus springen
und als Rockstar auf
einer Bühne singen – Karline Schlumperbein, 7

∞

Ich möchte
Den schwarzen Gürtel
In Taekwondo
Superheldin werden
Fliegen können
Dedek tief werden
Mount Everest erforschen
Dichterin werden
Dass das Corona viros endet – Alma Shlarofski, 7

∞

Hundebesitzerin sein
und auf einem Pferdehof wohnen
Mit Peter in den Regenwald
Zwischen Muscheln und Algen Tiefseetauchen
Mit Freunden 2 Wochen an die See
Und wenn ich groß bin Köchin oder Kellnerin in
einem 5-Sterne Restaurant
Und immer ein Kind bleiben – Flora Frühlingsfeder, 9

MEINE BUCKET LIST

1.
2.
3.
4.
5.
P.A.
POEDU

POEDU 4. STREICH – AUFGABE VON LÜTFIYE GÜZEL

„EMOTIONale. Der Impuls: Was fühlst du, wenn du das Wort Quarantäne (zuhause bleiben/Hausarrest) hörst? Aus Zeitungen und Magazinen werden Worte, Sätze, Bilder herausgeschnitten und neu zusammengesetzt. Bleibt gesund! Lütfiye"

Lütfiye Güzel

Alma Shlarofski, 7

∞

Jajo Duselbart, 7

∞

Karl Egal, 6

∞

Rübezahl Cocktail, 7

MEIN CUT-UP GEDICHT

POEDU 5. STREICH – AUFGABE VON SAFIYE CAN

„Corona-Gedicht: Schreibe in 7 Zeilen ein Gedicht an das Coronavirus. Geige ihm so schön deine Meinung! Schreibe dir alles von der Seele,

was dir momentan gar nicht gefällt,
was dich so richtig wütend macht,
was dich sehr traurig macht und vielleicht auch,
was du schön findest an der momentanen Situation,
was du lustig findest und,
was du dir wünschst für die Zukunft.

Schreibe deine Sätze untereinander. Und beende dein Gedicht mit deinem ersten Satz (wiederhole also deine erste Zeile am Ende, so dass sie ganz oben und ganz unten im Gedicht steht). Dein Gedicht kann auch 10 Zeilen lang werden und du kannst auf eine Frage mehrmals antworten und auf andere gar nicht. Gib deinem Gedicht bitte einen Namen. Einen, der dir wunderbar gefällt. Viel Spaß! Safiye“

∞

du olle Qualle!
du Quarkgesicht!
du quatschiger Lumpen!
du Quellenlatscher!
du unbequemer Quieker!
SCHIMPFQUADRAT
blöder Virus – Rübezahl Cocktail, 7

∞

Coronavirus
kannst du bitte
weggehen
kannst du bitte
ins Weltall gehen
kannst du bitte
in ein schwarzes Loch gehen – Sinombre, 8

∞

Brief an Mama
1. ich will keinen Brief an den Coronawirus schreiben.
2. ich will Vinni [russ.] lesen.
3. ich will Sendung mit der Maus. – Alexey, 7

∞

Corona ist Corona,
doch Corona ist auch nicht ohne,
doch Corona ist Corona.
Corona, Corona, Corona!
Es gibt überhaupt
kein anderes Thema mehr.
Es ist überall,
doch wir haben keine Wahl.
Die sich stellen sind alles Helden.
Wir lassen uns nicht im Stich
und erst recht nicht dich.
Musik und Tanz sind auch meine Helden,
denn es ist eine andere, fabelhafte Welt. – Gwang, 11

∞

Hallo COVID 19!

Du bist scheußlich
Und stinkig
Meine Freunde fehlen mir!
Und meine Schule
Ich möchte zu meinen Freunden gehen
Und Oma und Opa wiedersehen
Du bist scheußlich – Funkenreiter, 7 und Goldener Ritter Prinz, 4

∞

Liebes Coronavirus

Du lässt Schulen schließen
Und keiner kanns genießen
In den Urlaub können wir nicht
Wegen dir Coronawicht
Mich macht traurig und sauer
Deine dicke Mauer
Lass unsere schöne Welt in Ruhe! – Peter Plappergei, 7

∞

CORONA
MAG ICH NICHT
NEINEINEIN
ZU UNS KOMMST
DU NICHT HEREIN – Vera, 6

∞

Die Coronaflut

Corona ist ne Flut
damit hab ich was am Hut
Das Virus ist schnell da
da weiß ich nicht wo ich war
Ich sitz zuhaus und kann nicht raus
und kratz ne kleine Maus – Leo, 10

∞

Alles hat irgendwann ein Ende

Der Frühling ist wunderschön.
Mit dem Frühling hätte die Schule
nach Ostern angefangen.
Doch was ist passiert?
Von China bis hierher hat es
Corona geschafft,
und um die ganze Welt.
Doch irgendwann kommt ein Hauch
von frischer Luft
und alles hat nach Langem
ein Ende.
Der Frühling ist wunderschön. – Feli, 10

∞

Niedergeschlagen mit: Corona vibes

Ich darf meine Freunde nicht sehen.
Würd' gern wieder in die Schule gehen.
Kann viele bunte Masken nähen.
Soll die Aufgaben allein verstehen.
Muss ganz allein im Regen stehen.
Hoffe, die Krise wird bald vergehen.
Denn,
ich darf meine Freunde nicht sehen. – Clarumsti, 13

∞

Corona, du nervst!
Immer zu Hause, jeden Tag
Nicht das machen, was ich mag
Kein Fußball, keine Freunde, das tut weh
Immer nur zu Hause, oh Mann, oh je!
Corona, ich will dich nicht mehr sehen
Corona, du musst jetzt endlich gehen! – Erik, 10

∞

Ach Corona, wer bist du denn bloß, manchmal ganz klein, manchmal ganz groß.
Du fieser Wicht, hau endlich ab, ich brauch dich nicht!
Ich möchte Freunde treffen, lachen und springen,
anstatt wegen dir die Zeit zu Hause zu verbringen.
Ich frage mich: Vielleicht hast du das gar nicht gewollt?
Wir haben jetzt schon so lange gegrollt.
In Zukunft müssen wir wohl mit dir leben und alle unser Bestes geben.
Ach Corona, wer bist du denn bloß, manchmal ganz klein, manchmal ganz groß.
– Tintenfisch, 9

MEIN BRIEF AN EINEN UNLIEBSAMEN GAST

POEDU 6. STREICH – AUFGABE VON JULIA DATHE

„Was sagt dein Tier? Höre genau hin! Schreibe es auf! Entweder einen langen Satz oder zwei, drei kürzere. Wenn du noch nicht schreiben kannst, erfinde Zeichen oder nutze Buchstaben, die danach aussehen, was das Tier sagt. Das kannst du aber auch machen, wenn du schon schreiben gelernt hast. Zeichne das Tier dazu, dann können wir sehen, wer da spricht. Gerne kannst du dann den Satz noch übersetzen, musst du aber nicht. Du hast kein Haustier? Dann suche dir ein Tier im Hinterhof, im Vorgarten, auf dem Balkon oder im Park. Christian Morgenstern hat mal Fischen zugehört, daraus entstand das folgende Gedicht:“

Fisches Nachtgesang

—
U U
— — —
U U U U
— — —
U U U U
— — —
U U U U
— — —
U U U U
— — —
U U
—

∞

Gutenachtlied eines Frosches

Quak quaaak quiaak quaaaaak
quoooka quaakkk quiaak quak
quaaak quoook.
Plitsch, platsch. – Mira Mausebein, 10

∞

Die Grille im Frühling sagt (eine Übersetzung):

Geh raus
und suche mich
in der Natur
Ich freue mich
wenn ich dich sehe – Feli, 10

∞

Piep
Blub Miau Määh Mähh
WuffWuff
Kikerikiii – Duana, 11 *Vogel, Fisch, Katze, Ziege, Hund, Hahn*

∞

ig ig ig ig ig ig
t t t t t t t t t
zt zt zt zt zt zt
sp sp sp sp sp – Peter Plappergei, 7 *Maus*

∞

<<<<<<<<<<<<<
<<<<<<<<<<<< .
In die eine Richtung der Vogel (Schnabel)
In die andere die Katze (offenes Maul) – Karl Egal, 6

∞

Prr Prr Prr
rau rau rau
rch rch rch – Alma Shlarofski, 7 *Hauskatze*

∞

he he he he he he he
tk tk tk tk tk tk tk tk
grrr grr grr
wouf wouf wouf wouf
slp slp slp slp – Flora Frühlingsfeder, 9 *Hund*

∞

kch kch kch
krbb krbb krbb
kch kch kch
krbb krbb krbb
kch kch kch
krbb krbb krbb krbb
kch! – Karline Schlumperbein, 7 *Landschildkröte*

∞

An meine besten Tierfreunde

So schön wie es war, war es doch so schön wie es war.
Ich werde euch vermissen, ihr habt mich nie gebissen.
Ihr habt gespielt, wie ihr nur konntet, es war so schön, dass es euch gab.
Es war egal, wie ihr wart, es war einfach schön wie ihr wart.
Es war einfach schön, dass es euch gab. – Gwang, 11

∞

tratratratratra
hhhhhhh
grgrgrgrgr
knack knack
sch sch sch
sch sch sch
tra tra tra
knack
schschschschschsch
hhhhh – Alexey, 7 *Hamster*

∞

Mein Tier machte
bsss bsss bsss toc
- - -
bsss bsss bsss toc
- - -
bsss bsss bsss
Dann entdeckte es das offene Fenster
- - -
Und ich wünschte es wäre wieder hier – Tintenfisch, 9 *Fliege*

∞

Mimi

Klein und flink,
weiß, mit rosa Nase.
Keine Kuh.
Ein Zwerghamster bist du.
Leider ist deine Seele nicht mehr da,
doch die Erinnerungen, ja.
Ich liebe dich.
Für immer.
Glück
hast du mir gebracht.
Danke.
Mimi.
Ja. – Kamila, 11

∞

TAPATOC

W
WWWW
WOWWOW
WWUWW
W
WWW
WWWWWW
WWWWWWWW
WWWWWWWWWWW
WWWWWWWWWWWWW
WWWWWWWWWWWWWWW
WWWWWWWWWWWWWWWW
WWWWWWWWWWWWWWWW
WWWWWWWWWWWWWWW
WWWWWWWWWWWWW
WWWWWWWWWWW
WWWWWWWW
WWWWWW
I I
X X

– Anisnofla, 7

Mönchssittich

POEDU 7. STREICH – AUFGABE VON TIMO BRANDT

„Schreibe ein Akrostichon. Ein Akrostichon ist ein Gedicht, bei dem die Anfangsbuchstaben der einzelnen Zeilen zusammen ein Wort ergeben. Ein Beispiel für ein Akrostichon ist dieses Gedicht von Günter Nehm, das er über Pinguine geschrieben hat:

Propper auf des Eises Pack,
Immer mit Manieren,
Nur im eleganten Frack
Gehen sie spazieren.
Unnachahmlich ist ihr Gang,
Imposant die Geste.
Nobel ziert sie lebenslang
Eine weiße Weste.

Am besten funktionieren Akrosticha mit Worten, die eine gerade Anzahl von Buchstaben haben; du kannst es auch mit Tiernamen versuchen: Zebras, Krokodil, Floh, Haie, aber du kannst auch ein Akrostichon zu Mama oder Papa oder zu einem anderen Wort schreiben. Das Gedicht darf sich reimen, muss es aber nicht.“

∞

P iraten popeln
I mmerzu,
R ingen und schlingen,
A tmen Rauch aus und ein,
T anzen wie ein Schwein,
E keln sich vor Spinnen,
N iesen wie verrückt,
S cheißen ins Meer,
C ampen auf einer Insel,
H aarig wie ein Pinsel,
I llegal wie unbesiegbar,
F esseln sie Feinde,
F ahren übers Meer! – Rübezahl Cocktail, 7

∞

U hr denk nach
S oS
B ald kommt der Winter – Ari, 6

∞

S pitzer Stachel dran am Schwanz
K ann den Tod dir geben
O der macht mit Scheren schnapp
R ot den Finger zieren
P ling, plong, pling, plong kann man sie weit hören
I n der Wüste lebenslang
O der bis sie sterben
N och ist's aber nicht vorbei – Jakob, 9

∞

D er Delfin bin ich
E s ist immer das Gleiche
L angweilig ist es immer
F ische kriege ich nur nach der Vorstellung
I n der Freiheit sind meine Freunde
N ur manchmal spielen die Trainer mit mir
E ng ist es in meinem Becken – Rike, 8

∞

A mphibie, sieht lustig aus.
X Kiemenhärchen. Wenn ein Haar
O der ein Beinchen fehlt,
L ässt er sich ein neues wachsen.
O h, kann er das schaffen?
T se, der kann noch viel mehr!
L ange, sein ganzes Leben lang, kann er unter Wasser bleiben!
– Wanda, der riesige Riesensalamander, 8

∞

K lauen scharf wie Messer
A ttentäter und Mörder zugleich
T ötet Tiere aus Spaß
Z ahm und süß sagen die Menschen
E in kleines Miezekätzchen – Emil, 10

∞

I n Island ist es kalt
S and aus Lava
L ava in Vulkanen
A benteuerlust
N ordlichter gibt es
D unkel ist es – Oskar, 8

∞

F ahrräder sind sehr schnell
U nd leider nicht sehr hell
R adeln macht mir Spaß
Z eig das doch dem Has – Leo, 10

∞

T otal grässlich hässlich.
O h weh.
M atsch. Klatsch.
A lva macht Tomatenpampe.
T omatentorte.
E kelig! – Alva Schneefee, 5

∞

F ußball ist ein toller Sport
U nd ich spiel an jedem Ort.
S chienbeinschoner wegen Klaus,
S onst trau ich mich nicht aus'm Haus.
B ereit zum Anpfiff und zum Spiel,
A lle applaudieren viel.
L ange lagen wir zurück,
L atte, Flanke, Tor! Welch Glück! – Peter Plappergei, 7

∞

F uchs? Nein das bin ich nicht!
E twas Besonderes bin ich!
N ein keine Maus und keine Laus!
N atürlich wohn' ich nicht an Küsten bin
E in Naturwunder der weiten Wüsten
K eine Ahnung was ich da sollte kein andres Tier dorthin wollte! – Isabell Coffeecup, 11

∞

R ote Radieschen wachsen
A m Beet in Sachsen
D rosseln sehen ihnen zu
I m alten Schuh
E mil und die Detektive recherchieren
S chrebergärten auf allen Vieren
C acaopulver nimmt man zum Wachsen
H olt es aus Sachsen!
E inen Eimer voll Radieschen
N ehmen wir mit auf's Wieschen – Gwang, 11

∞

G roß, schlank
I interessant, kein Gestank
R iesig groß
A rtig und famos
F einde haben sie keine
F inden aber viele Reime
E legante Beine
N icht sowie Schweine – Amelie, 11

∞

E in Riese springt
I ns kalte Nass
S ein Fell so weiß, die Hoffnung blass
B eute wird es bald nicht mehr geben
Ä h, wieso denn das?
R undherum Müll – wie soll er da leben? – Tintenfisch, 9

∞

F angen spielen und Verstecken
R iesengroßen Eisberg schlecken
E ine Freundin, die tut gut
U nd gibt mir eine Menge Mut
N iemals geben wir uns auf
D enn wir haben sehr viel drauf!
S altos, Radschlag und Jonglieren
C ircus frei! – und applaudieren!
H alligalli in der Nacht
A ber alle ganz früh wach
F reunden kann man alles sagen
T uscheln, lachen, nicht verzagen! – Flora Frühlingsfeder, 9

MEIN AKROSTICHON

H
2

POEDU 8. STREICH – AUFGABE VON SCHIRIN NOWROUSIAN

„POEDUS Drachentanz: Stell dir vor, es gibt noch Drachen! Wo wohnen sie, was wollen sie machen? Sind sie groß oder klein, lieb oder gemein? Können sie sprechen, fauchen, tauchen, rauchen, tanzen, rennen, springen oder sogar singen? Und was bringt sie zum Lachen, die Drachen? Greif zum Stift und schreib dazu ein mindestens 4-zeiliges Gedicht. Zu allen oder zu einigen dieser Fragen. Gerne kann es länger sein und gerne kannst du auch noch ganz andere Dinge zu Drachen sagen! Du kannst dabei am Ende der Zeilen reimen. Oder versuch doch mal, auch mittendrin zu reimen, also sozusagen kunterbunt, da, wo es gut hinpasst. Und wenn es super ohne Reime klingt, dann ohne. Und wenn du zeichnen oder malen magst, immer her damit! Und hier noch ein kleiner Drachengesang, zum Einstimmen:

Drache Gru ist unterwegs,
als er einen Turm erblickt.
Klasse Haus, denkt er bei sich.
Will dort wohnen und Unsinn machen.

Schnell fliegt er zum Turm hinüber
und in Windeseile baut er sich direkt
unterm Dach ein super duper feines
Nest. Mit ganz viel Watte drin!

Dann ruft er schön laut vom Turm:
„Liebe Leute, eilt herbei,
heute gibt es Feuerbrei!"

Und vergnügt speit er von oben
einen Riesenfeuerschwall! Eine Flamme,
groß wie ein Baum. Die verkohlt
aus Versehen gleich den Flaum
des Vogels, der vorüberfliegt.

„Pardon", ruft Gru, „war keine Absicht!
Bin nur froh und munter,
denn hier komm ich unter!"

Und beglückt fügt er hinzu:
„Und hier bleibe ich für immer,
sprich: für jetzt und gleich.
Denn hier ist's soooo weich!"

∞

Der Wasserdrache

Südpazifik.
Körper wie eine Schlange.
Schimmert dunkelblau.
Helle Flossen.
Eine Schlinge.
Für Stürme verantwortlich.
Zum Spaß Schiffe versenken.
In Wellen verborgen.
Junge, Drago genannt,
lebend geboren.
Drei Jahre mit der Mutter
durch die Wasserwelt.
Wasserdrachenschwärme,
Gaolaas genannt.
Können hundert Jahre werden. – Mira Mausebein, 10

∞

Drache und Greif

Ein Drache der kam von weit her,
ein schöner Tag heut, dachte er, denn heute da hatte er gut gegessen,
neben dem Einhorn da hatte er gesessen,
als er so in Gedanken versunk,
da näherte sich schon der nächste Halunk, ein Greif,
der war soeben auf Reisen, dann sah er den Drachen und wollt mit ihm speisen,
zusammen da gingen sie ins Lokal und aßen einen feinen gebratenen Wal,
dann flogen sie los, der Drache fiel runter, direkt
auf den Kopf des armen Herrn Gunter!
Der arme Mann, den Schock sah man ihm an,
seitdem geht er auf die bedachte Terrasse,
oder nur noch mit Helm raus auf die Straße. – Duana, 11

∞

Die Wolkendrachen, sie tanzen in den Tag herein,
sie drehen sich, sie hüpfen und lachen im Sonnenschein.
Sie sind weiß und fluffig, wer weiß, vielleicht sind sie auch Wolken.
Tag ein, Tag aus, die Wolkendrachen nur tanzen wollen.
Ein Walzer, ein Foxtrott, ein Jive oder hüpfend auf einem Bein,
die Wolkendrachen, sie tanzen im Mondenschein. – Inga, 14

∞

Kleine liebe Drachen

Lachen
über freche Baby
Sachen
Wohnen in Türmen
über Türmen
voll mit Stürmen
Tauchen singend
irgendwo
nirgendwo
Springen über Drachen
Sachen
machen freche Sachen
Speien Feuer
Abenteuer
Ungeheuer, werden
groß
wenn sie wütend sind
geht's los
Bäume sind durchs
Feuer weiß
Heißer Scheiß – Karl Egal, 6

∞

Drache Rexi

Rexi wohnt im Feenland,
dort ist es grau und blau
und er sagt immer wieder „miau, miau miau".
Seine Freundin is ne Katze
und gerne gibt sie ihm die Tatze.
Dann tanzen sie und fauchen und hauchen.
Dann essen sie Gaugummi-gum
und machen Blasen auf dem Rasen mit den Hasen.
Rexi und seine Katze geben sich die Tatze,
pusten eine Blase mit ihrem Kind KaDraSe. – Alva Schneefee, 5

∞

Drachen wohnen gern in Schluchten
Sie sind groß und sehr gemein
und sie können Feuer speien
Geh nicht in ihre Höhle rein
Drachen haben keinen Ohrenschmalz
aber scharfen Chili in ihrem langen dicken Hals
Geh in Deckung und gib Acht
wenn der Drache Ärger macht
Trifft dich mal ein Feuerdrache
geh in die Badewanne
die ist schön kühl
die Haut brennt nicht
und der Drache hat kein gutes Gefühl
Und wenn der Drachen auf dem Balkon wohnt
dann ist keine große Gefahr
Er passt auf uns auf
und das ist wunderbar – Ari, 6

∞

Edmund der Drache liebte Reimen und Singen
Er war in einer Burg aufgezogen worden
Von dem König
Er sang und spielte mit ihm
Edmund kämpfte nicht – er sang
Er war nur ein kleines Ding und
Liebte es zu grillen und Schwimmen mit dem König – Funkenreiter, 7

∞

Sie wohnen auf Bergen,
um sich zu verbergen,
vor den Menschen und ihren Pferden.
Sie sind sehr klein, sie sind sehr scheu,
liegen gerne mitten im Heu.
Sie sind sehr lieb, sind keine Gefahr.
Sie sind Veganer, das ist wahr.
Sie können sprechen, fauchen, tauchen,
rauchen, tanzen, rennen, springen
und dazu noch sehr gut singen.
Doch was sie sehr gut können,
ist das Fliegen.
Denn was man kann,
das muss man lieben. – Amelie, 11

∞

Mein Drache wohnt in einer Höhle
Er ist mittelgroß und rosa
Und baut stabile und schöne Sandburgen
Er isst am liebsten Kürbisse
Wenn er sich freut dann spritzt er Wasser
Und wenn er sich ärgert wirft er mit Felsbrocken
Seine beste Freundin heißt Sparkle – Goldener Ritter Prinz, 4

∞

Mein Name ist Fuoco. Ich bin ein Feuerdrache.
Ich lebe in einem Vulkan. Was ich hier mache?
Ich trinke Lava schrecklich gern.
Nachts leuchte ich wie ein Stern.
Ich bestehe aus Feuer,
bin eines der gefährlichsten Ungeheuer.
Meine Großmutter starb an einem Sonntag.
An der Stelle, an der es geschah,
ist jetzt ein Vulkan. Hier lebe ich seit einem Jahr.
Sonntags spuckt er Feuer, ruckt ein Stück empor.
Das ist den Vögeln nicht geheuer. – Wanda, der riesige Riesensalamander, 8

∞

Die verrückten Drachen
machen Sachen,
die verrückte Drachen
eben machen.
Sie spielen: Wer ist am besten im Zielen?
Sie trinken Kohlensyrup, essen Hammerstein.
Fein.
Sie wohnen in bunten Bäumen
und träumen. – Karline Schlumperbein, 7

∞

Drachenrätsel

Der Drache ist sehr groß,
da mach ich mir in die Hos.
Er brüllt so laut er kann,
ich denk jetzt bin ich dran.
Ich zittre bis ins Mark,
denn der Drache ist richtig stark.
Doch da wach ich auf,
und wo lieg ich drauf? – Leo, 10

∞

Mein Drache ist
Ein Baby
Immer wenn jemand lügt
Wird er rosa
Denn eigentlich ist er grün
Wenn er Feuer spückt
Sind das nicht Flammen
Sondern Rauch wie Regenbogen
Und Glitzer
Manchmal ist er ganz frech
Und schnappt sich sein Lieblingsessen
Ich mag ihn
So wie er ist
Mein Drache ist
Ängstlich
Immer wenn er Angst hat
Glitzert er auch
Glitzert er auch
Glitzert er auch auch auch
Und hüpft in meinen Arm
Er kann schwimmen
Dabei leuchtet er golden
Seine Zunge hat immer
Eine andere Farbe
Einmal lila
Einmal rot
Einmal blau
Immer anders
Ich mag ihn so
Wie er ist – Anisnofla, 7

POEDU 9. STREICH – AUFGABE VON MICHAEL AUGUSTIN

„Stell dir vor, du schreibst ein Gedicht und schenkst es einer Person, die überhaupt keine Ahnung von Gedichten hat. Du kannst der Person helfen, indem du einfach eine kleine Gebrauchsanweisung schreibst. Du weißt ja schließlich am besten, was deinem Gedicht gut tut. Bei mir würde das ungefähr so aussehen:

Michaels Gebrauchsanweisung für sein Gedicht

1. Bitte vor Gebrauch gut schütteln
2. Auf keinen Fall mit Spinat füttern
3. Nach dem Waschen tropfnass aufhängen
4. 1x oder 2x pro Tag jemandem laut vorlesen
5. Nicht knicken oder knüllen
6. Vor dem Schlafengehen die Luft rauslassen
7. Morgens unbedingt wieder aufpusten!!!

Das wäre also eine Liste, Punkt für Punkt. Kann man so machen. Wenn du magst, kannst du es auch so schreiben:

Mein Gedicht möchte vor Gebrauch gut geschüttelt werden. Es mag keinen Spinat und will nach dem Waschen auf jeden Fall tropfnass aufgehängt werden. Es ist glücklich, wenn man es jemandem laut vorliest (so oft wie möglich). Mein Gedicht findet es total bescheuert, wenn man es knickt oder knüllt. Wenn abends die Luft aus ihm rausgelassen wird, freut es sich schon darauf, dass du es morgen früh wieder aufpustest.“

∞

Mein Gedicht liebt Hörbücher. Vor allem die von Bibi Blocksberg. Zwing es aber ja nicht zum Duschen, sonst bekommst du ein Problem. Und wenn du ihm etwas zum Essen machen möchtest, dann auf gar keinen Fall etwas Grünes. Wenn du dich beliebt bei ihm machen möchtest, dann bringe ihm etwas Rotes. Es turnt übrigens auch gerne an der Reckstange. Also wäre es vorteilhaft, dass du dir eine besorgst. – Amelie, 11

∞

Mein Gedicht ist wie ein scheues Tier,
es kommt zu dir, zu mir, wann es möchte.
Gib ihm auf keinen Fall Erbsen und auch kein Eis,
es mag es nicht kalt, mag es nicht heiß.
Du musst es locken mit einer Chili-Schote, würzig und scharf,
dann reicht es dir seine Pfote.
Hör ihm gut zu, schmier ihm Honig um den Bart,
dann erst kommt es so richtig in Fahrt! – Tintenfisch, 9

∞

Bevor du mein Gedicht liest, musst du deine Ohren putzen.
Brille nicht vergessen.
Immer gefütterte Handschuhe tragen, wenn du es anfasst (auch wenn du nicht weißt, womit sie gefüttert werden müssen).
Immer mit dem Gedicht Gassi gehen.
Mein Gedicht muss alle zehn Minuten den Duft der Blumen schnüffeln und ein Häufchen machen.
Jede Minute lesen.
Das Gedicht nicht an einen Baum verfüttern.
Und das Wichtigste: Immer, wenn du baden gehst, mein Gedicht mitnehmen!
– Wanda, der riesige Riesensalamander, 8

∞

Mein Gedicht braucht
eine Strickleiter,
um ganz nach oben zu kommen.
Es muss 3x am Tag gefüttert werden,
sonst bekommt es rote Zähne vor Wut.
Mein Gedicht möchte mit dir spazieren gehen,
egal ob Regen oder Sonne,
es klettert gern mit dir.
Es will am Mittag duschen
und ab und zu in einen See springen. – Karl Egal, 6

∞

Mein Gedicht sollte täglich vorgelesen und darf weder zerknittert noch zerrissen werden. Es darf auf keinen Fall in Berührung mit Feuer oder mit Wasser kommen. Das Gedicht soll auch nicht zu lange in der Sonne liegen, da es einen Sonnenbrand bekommen könnte. Und es muss jeden Tag mit Buchstabensuppe gefüttert werden. Außerdem darf es nicht angeschrien werden, da es sonst zu Staub zerfällt. Es soll auch nicht darauf gemalt oder verändert werden. – Johanna, 13

∞

1. Am besten jeden Tag durchlesen, sonst fühlt es sich einsam
2. Bitte jeden Tag mit Bleistiftkrümeln füttern
3. Nicht mit Radierern oder Klebstoff in Kontakt bringen
4. Das Gedicht bitte jeden Tag Gassi führen
5. Bei Gewitter bitte in den Arm nehmen und laut vorlesen
6. Zum Einschlafen bitte einheften, zusammen mit anderen Gedichten
7. Für immer liebhaben und auf jeden Fall auswendig lernen – Catalina, 10

∞

Gebrauchsanweisung für die Oma

1. Du musst sanft mit ihm spielen.
2. Nichts Grünes und Rotes zu essen geben. Es mag Brezeln und Marmeladenbrot.
3. Unser Gedicht muss immer ein wenig Zeit für Cartooni-time bekommen.
4. Mit dem Gedicht und Opa Ball spielen.
5. Du musst ihm zum Abendessen was besonders Leckeres füttern.
6. Zum Einschlafen braucht es ein winziges Kuscheltier und eine schöne Geschichte.
7. Am Morgen muss es fröhlich geweckt werden, sonst schläft es den ganzen Tag.
   – Funkenreiter, 7 und Goldener Ritter Prinz, 4

∞

1. Bitte Herzchenkrone aufsetzen und mit Herzchenohrringen schmücken.
2. Einmal pro Woche mit Gedicht Eis essen, am Strand.
3. Morgens bitte einmal streicheln.
4. Abends einmal leise lesen und zweimal pro Woche kuscheln.
5. Mit Gedicht Buttercremetorte backen.
6. Seinen Geburtstag am 6. Juli mit Gedichtfreunden feiern.
7. Mit ihm singen und Musik machen.
8. Fruchtsalat, Erdbeeren und Buchstabennudeln füttern.
9. Sechsmal am Tag mit dem Gedicht spielen was es will. – Alva Schneefee, 5

∞

Mein Gedicht muss jeden Tag in die Badewanne.
Danach muss es solange in der Sonne stehen bleiben, bis es ganz trocken ist.
Mein Gedicht darf jeden Tag Fritz und Fertig spielen.
Man muss mit ihm singen.
Man muss das Gedicht jeden Tag in die Schule schicken.
Man darf nicht fragen, ob man das Gedicht ändern soll. – Budicha Buda, 5

∞

Mein Gedicht muss erstmal in Ruhe aufwachen, sonst wird es sauer. Zum Frühstück braucht es jeden Tag Spinat. Außerdem darf es nicht nass werden. Es braucht viele Freunde zum Spielen und eine Menge Bewegung. Zum Abendbrot wünscht es sich natürlich weißen Spargel, mit ganz viel Soße und Kartoffeln! – Rike, 8

∞

Mein Gedicht sollte man lesen oder vorgelesen bekommen
Ich hoffe, es hat sich dabei gut benommen
Man muss es morgens aus dem Bett holen
Und wenn es nervt, ihm in die Zunge bohren
Man muss ihm auch was zu essen geben
Und regelmäßig Wolle für ihn weben
Wenn man es nass macht, kann man's nicht lesen
Und wenn man es zerknüllt, sagt jeder er
Sei es nicht gewesen – Kleoniki, 11

∞

Mein Gedicht freut sich, wenn es mit jemandem spielen darf.
3x am Tag muss mein Gedicht aufs Regal und wieder runterspringen.
Man sollte es kopfüber in die Badewanne tauchen und mit Seife beschmieren.
Es sollte immer draußen spielen, gern mit Delphinen, und viel in der Sonne liegen.
Es isst gern Fische und Schokolade und muss täglich gekämmt werden.
Abends muss es gefüttert und dann zugedeckt werden wie ein Baby.
– Karline Schlumperbein, 7

∞

1. Füttern Sie Ihr Gedicht mit Buchstabensuppe
2. Es schläft sehr viel (neben seiner Barbiepuppe)
3. Ein Gedicht ist sehr musikalisch
4. Machen Sie die Tür zu, sonst kreischt es bestialisch
5. Das Gedicht läuft Ihnen hinterher
6. Machen Sie Pause, es lächelt sehr – Duana, 11

MEINE GEDICHT-GEBRAUCHSANWEISUNG

P

POEDU 10. STREICH – AUFGABE VON DANA VON SUFFRIN

„Wir alle verbringen seit ein paar Monaten viel Zeit mit unserer Familie – das ist toll, denn endlich sind wir mal richtig viel zusammen. Andererseits gehen wir alle uns auch gegenseitig ein bisschen auf die Nerven. Das ist doch ein guter Anlass, endlich mal ein lustiges Gedicht über die Familie zu schreiben. Das Gedicht kann bis zu einer Seite lang sein, aber auch viel kürzer. Es kann sich reimen, muss es aber überhaupt nicht – oder einfach, wie im Beispiel, nur manchmal. Wenn du Lust hast, kannst du auch ein Bild dazu malen. Wenn du ein witziges Foto von deiner Familie hast, kannst du auch lustige Sprechblasen dazu basteln – es macht so viel Spaß, sich zu überlegen, was andere Leute denken!

Meine Mutter trinkt ihren Kaffee im Stehen
Sie darf nicht in die Arbeit gehen
Ihre Nägel klappern auf dem Tisch
Sie sagt, aus der Nervosität heraus
Mit Kopfhörern schaut sie aus
wie eine nervöse Micky Maus

Und, bla bla bla, steht in ihren Mails
Sehr geehrter Herr! Sehr geehrte Dame!
Danach kommt immer ein langweiliger Name

Meine Schwester liegt nur herum
Sie sagt, daheimbleiben macht dumm
Und ich? Langweilig mit euch!, rufe ich
Die Mutter lacht und streicht mir über den Kopf

Die Katze, miau miau, beginnt uns zu hassen
Könnt ihr bitte mal wieder das Haus verlassen?“

∞

„Hast du deinen Mundschutz da,
du darfst ihn nicht vergessen.“
„Kochen dürfen die nicht mehr,
hier haste was zu essen“
Der Schulrhythmus stimmt auch nicht mehr,
die einzge Frage „hat es wer?“ – Duana, 11

∞

Ohne Brille
Der Duschkopf sieht aus wie eine Frau
Oma Summ Summ ist ein dicker Bär
Die Mama ist ein Elefant
Der Papa ein Drachen, der Opa kommt als Bild daher
Oma Motzi ist ein Wasserhahn, Joana ein Fenster
Und Bärbel sieht aus wie ein Spielzeug, ihr Arm wie ein Handtuch
Ari von früher hatte keine Brille auf
Mit Oma Motzi waschen sich alle die Hände
Mit Papa zünden wir den Grill an
Opa bewegte sich und sprach, ich bin ein Schwein, lass mich herein
Mit Glasklar kriegen wir Joana sauber
Den Honig futtert Oma Summ Summ auf
Mit Bärbel trockne ich mir die Hände
Und Mama trötet in ihren Computer rein
Und dann kommt wieder die Nacht
Die gleiche wie am Tag zuvor – Ari, 6

∞

Meine Familie ist ganz schön groß
Deswegen ist hier immer was los
Meine Mama ist ganz schön kuschelig
Das macht mich manchmal wuschelig
Doch sitzt sie oft am Laptop rum
Beim Papa machts oft bum bum bum
Wenn er auf dem Klo sitzt
Während die Katze durch die Wohnung flitzt
Und die Jojo kann schön laufen
    Aber erst 5 Schritte
Jona, Juno und Benjamin sind auch irgendwie da
Hüpfen in den Wolken, da da da
Ich glaube sie haben ganz viel Spaß
Und trinken dort aus einem Regenbogenwolkenglas
Ich trinke morgens einen Kaffee
Mit Milch, Kakao und ohne Tee
Der Papa spielt oft Lego mit mir
Ich habe auch ein Pferdetier
Der Lego Mensch reitet auf dem Pferd
Dieses Gedicht ist mir viel wert
Genau wie meine Familie ist es stabil
Und wie diese manchmal zu viel – Karl Egal, 6

∞

Haus von Jacob gebaut

Aus dem Ukrainischen übersetzt und zu ihrem Text gemacht

Das ist ein Haus
Von Jacob gebaut
Wo die Leute sitzen zuhause:
Corona setzt alles auf Pause
Hier im Haus von Jacob gebaut
Das ist die Frau
Sie hat Angst vor Ansteckung
Und konstruiert eine Nasenverdeckung:
Es gibt keine Masken in den Apotheken
Und die Leute sitzen zuhause
Corona setzt alles auf Pause
Hier im Haus von Jacob gebaut
Das sind die Kinder
Die richtig Stress haben
Sie haben so viele Hausaufgaben
Ihre Mutter hat Angst vor Ansteckung
Sie konstruiert eine Nasenverdeckung:
Es gibt keine Masken in den Apotheken
Und die Leute sitzen zuhause:
Corona setzt alles auf Pause
Hier im Haus von Jacob gebaut
Hier ist Frau Pinkert
Von der die Kinder berichten
Sie muss jetzt irgendwie online unterrichten
Sie weiß, dass die Schüler Stress haben
Sie haben so viele Hausaufgaben
Ihre Mutter hat Angst vor Ansteckung
Sie konstruiert eine Nasenverdeckung:
Es gibt keine Masken in den Apotheken
Und die Leute sitzen zuhause:
Corona setzt alles auf Pause
Hier im Haus von Jacob gebaut
Hier ist der Opa
Keine Angst vor COVID
Er singt Frau Pinkert ein fröhliches Lied
Von der die Kinder berichten
Sie muss jetzt irgendwie online unterrichten
Und weiß, dass die Schüler Stress haben

Sie haben so viele Hausaufgaben
Ihre Mutter hat Angst vor Ansteckung
Sie konstruiert eine Nasenverdeckung:
Es gibt keine Masken in den Apotheken
Und die Leute sitzen zuhause:
Corona setzt alles auf Pause
Hier im Haus von Jacob gebaut
Das ist der Arzt
Erfahren und klug
Er trägt eine Maske und Raumanzug
Er rettet den Opa vor bösem COVID
Der singt Frau Pinkert ein fröhliches Lied
Von der die Kinder berichten
Sie muss jetzt irgendwie online unterrichten
Und weiß, dass die Schüler Stress haben
Sie haben so viele Hausaufgaben
Ihre Mutter hat Angst vor Ansteckung
Sie konstruiert eine Nasenverdeckung:
Es gibt keine Masken in den Apotheken
Und die Leute sitzen zuhause:
Corona setzt alles auf Pause
Hier im Haus von Jacob gebaut – Isabell Coffeecup, 11

∞

Meine Corona-Familie

Meine Mutter dreht bald durch
Und sagt ständig „Seid doch mal ruhig!"
Meine Schwester macht Aufgaben
Und hat auch nur ganz kleine Fragen
Mein Papa arbeitet jetzt auch
Und aus seinem Kopf kommt ganz viel Rauch
Ich spiele, spiele
Und die Figuren sind ganz viele – Peter Plappergei, 7

∞

Meine Coronafamilie

Meine Schwester sitzt auf meinem Bett,
und während sie Ukulele spielt,
singen wir ein Duett
und ich tanze Ballett.

Jeder Tag verschmilzt in den nächsten,
als ob kein Zyklus mehr existiere,
ich schau einen Film, es ist schon der 3.
und langsam fühle ich mich wie eines der Faultiere.

Meine Mutter sitzt den Tag lang am Schreibtisch,
arbeitet stundenlang,
wir alle fühlen uns wie ein Goldfisch,
der nicht aus seiner Schüssel springen kann.

Mein Hamster sitzt auf meinem Arm,
zufrieden wegen so viel Aufmerksamkeit,
ich streichel ihn, er ist ganz zahm,
endlich habe ich für ihn ganz viel Zeit.

Am nächsten Tag geh ich in mein Zimmer,
meine Schwester liegt schon wieder auf meinem Bett,
meine Mutter arbeitet schon wieder an ihrem Schreibtisch,
und ich tanze wieder Ballett. – Inga, 14

MEINE QUARANTÄNE-/FERIEN-/KRANKENHAUS-/ETC. FAMILIE

POEDU 11. STREICH – AUFGABE VON DINÇER GÜÇYETER

Im Rahmen des Bundeswettbewerbs *lyrix* im Juni 2020 wurde folgende Aufgabe gestellt: „Wie lest ihr folgenden Text von Dinçer Güçyeter:

die Gräser verstummen

die Gräser reiben sich gegenseitig ein mit ihrem Tau
auf dem Gartentisch blühen die Morgenblüten
um das Brandloch meiner Hose
kreisen zwei Maikäfer

welche Erinnerung ich auch aufschlage
deine zitternde Handschrift flickt die Gegenwart
die Sonne küsst meine Brust
mit aufgerissenen Lippen

warte, ich hole das Wundpflaster

In die Alltagsbeobachtungen mischen sich Spuren der Vergangenheit. In wenigen Worten skizziert Dinçer Güçyeter einen Frühlingsmorgen. Doch die Idylle ist durchsetzt von Gegensätzen und Brüchen. Detailaufnahmen von betautem Gras, Maikäfern und dem Kuss der Morgensonne vermitteln Gedanken an Nähe und Zweisamkeit. An ein Gegenüber gerichtet, scheinen sie jedoch gespeist von geteilten Erinnerungen und unverheilten Wunden. Die Alltagsbeobachtungen verweisen so auf Vergangenes und Gegenwärtiges und auf dessen flüchtige Schönheit und verweben sich zu einer Stimmung, die zugleich leicht und schwer ist. Schreibt uns eure eigenen Erfahrungen mit Erinnerungen und ihrem Nachklang im Alltag."

∞

Über mir am Himmel blass und kaum zu sehen:
Der Regenbogen.
Wie kann es nur sein, dass Regen und Sonne sich verstehen?
Wie konnte aus einer Veränderung, der ich nicht traute,
Das schönste Bild der Freundschaft entstehen?
Doch Wolken ziehen über den Himmel
Und ich muss weitergehen. – Regina, 9

∞

Sonntag

Ein Huhn vor meinen Füßen.
Sonnenlicht.
Autos, Pferdewiehern.
Rauschende Baumkronen.
Nah an meinem Ohr eine Meise.
Rote, blaue, weiße Punkte im Feld,
als hätte ein Maler Farbe verspritzt.
Das Zwitschern hungriger Vögelchen.
Insekten fliegen Figuren.
Meine Haare brennen.
Meine Füße machen sich selbstständig.
Schattenspiele.
Früher träumte ich davon. – Mira Mausebein, 10

∞

Sommerrodelbahn

entschlossen, aufgeregt nehme ich Platz
die erste Fahrt allein
nervös aber zuversichtlich
die erste Kurve geschafft
eine weiße Blume steht am Rand
schön anzusehen auf weitem Grün
leichter Wind trägt den Glockenklang der Kühe zu mir
der hölzerne Tunnel
nun wird es schneller
hoffentlich überleb´ ich das
Stofffetzen in meinem Gesicht
ich bleib
stehen Angst und Freude – Catalina, 10

∞

Dass der Mount Everest so groß ist,
wie die Binderstr. bis zu Rabatz
Und, dass ein Drucker Papiere verdoppeln kann
Die Aufgabe ist zu schwer
Aber ich habe wenigstens ein bisschen Erfahrung
gesagt, die stimmt – Ari, 6

∞

Der Frühlingsmorgen

Vorsichtig lugt die Morgensonne,
Durch das Blätterhaus der Bäume.
Mäuse huschen hinter die Regentonne,
Und die Katze schleicht sich aus der Scheune.
Die Rosen blühen auf dem Tisch,
In der allerschönsten Vase.
Der schöne Duft ist noch ganz frisch,
Und steigt mir in die Nase.
Papageien sitzen in den Palmen,
Die Wellen rauschen vor sich hin.
Zwischen vereinzelten Grashalmen,
Stehe ich da, wie eine Statue aus Zinn.
Der Schmetterling vor meiner Nase,
Er flattert hoch, er flattert runter.
Ich fühle mich wie ein hoppelnder Hase,
Aber der Schmetterling, der ist munter.
Hin und her,
Überlege ich.
Doch es ist eigentlich gar nicht schwer,
Denn es ist so: Ich vermisse dich! – Amélie, 10

∞

Die schöne Sonne ist so klar
Doch in der Nacht geht sie unter
Man sieht noch kurz, wie sie sich im Wasser verabschiedet
Meine kleine Katze ist für mich so wie die Sonne
Ich weiß noch, wie es mit ihr war
Ich stehe am Strand und winke mit meiner Hand
Und schiebe meinen Fuß in den Sand
Oh du schöne Sonne, komm doch bald zurück! – Lilia, 7

∞

Es regnet.
Die Kanalisation trinkt das Regenwasser.
Der Kuchen schmeckt lecker, und alles ist wie immer. – Maurits, 9

∞

Mein bester Freund heißt Luca
Wir spielen gerne Fußball
Und wir lachen gerne zusammen
Er ist jetzt in der Schule für große Kinder
Und ich vermisse ihn – Goldener Ritter Prinz, 4

∞

Die Sehnsucht nach Vergangenheit
Ganz im Osten von Asien
Wo die Sonne stand
War Thailand sehr nah
Da lebte ich mit sehr viel Licht
Ganz oben im Norden in Chiang Mai
Da war der Tempel nicht sehr weit
Die Atmosphäre war sehr heiß
Leckte am kalten Eis
Es war nicht weiß
Und nicht sehr heiß
Nur für die Thailänder
Ich weiß
Auf dem Markt sprachen die fabelhaften Gerüche
Mit mir über leckere Früchte
In der Schule gab es meine Klasse
Wir waren eine Familie ohne Ziel
Von Deutschland nach Thailand
Ist es sehr weit – Gwang, 11

∞

Außen war es kalt und windig
Doch innen wirkte es fast kindlich
Wie alle beieinander standen
Und ab und zu auch mal was sangen
Düfte, die in der Dunkelheit zogen
Und einem Glühwein und Punsch anboten
Dieser Ort hat etwas Magisches in sich
Und verzaubert jeden, ja auch dich
Der Ort, wo wirklich keiner klagt
Das kann nur der Weihnachtsmarkt – Amelie, 11

∞

Buch an Buch in meinem Regal,
Piraten, Distelblatt, Königssaal,
dicke, dünne, mit Bildern und ohne,
doch da – plötzlich
eine Kuh im Hof, eine Englandfahne,
lachende Gesichter, Eis mit Sahne
Fünf Jahre sind keine Kleinigkeit
Fotos aus einer anderen Zeit – Tintenfisch, 9

∞

Die Tropfen fallen dick und schwer
Ich denk an diesen einen Tag
Du und ich und unser Tanz im Regen
Kein Heute, kein Morgen
Nur das Jetzt
Keine Sorgen und Probleme
Nur dieser eine Moment
Als wir in Pfützen springen
Unbeschwert des Lebens wegen
Wache ich auf aus diesem Traum
Und über mir ein Regenbogen – Johanna, 13

∞

Sommergewitter

Es blitzt. Es donnert.
Ein Blitz kommt auf die Erde.
Auf dass es wieder gutes Wetter werde!
Die Sonne schreit:
Lass mich auf die Erde!
Der Regen, der lacht.
Auf dass es mehr Gewitter gebe!
Sie stoßen aneinander,
die graue Wolke, der schwarze Himmel,
der leuchtende Blitz, der gefährliche Regen.
Die Sonne kämpft sich auf die Erde.
Die Hühner laufen herum.
Die Sonne lacht.
Sie ruft am blauen Himmel:
Er ist ein König!
Ein Pfauenauge flattert zu einer Blume
und trinkt den Nektar. Freude.
Es fliegt davon. – Wanda, der riesige Riesensalamander, 8

∞

STAU

Papa und ich stecken im Stau.
Ich bin hungrig und durstig
zugleich und muss aufs Klo.
Um uns herum sehe ich ein Meer von Autos.
Sie stehen und ab und zu
bewegen sie sich 1 oder 2 Meter.
Was ist eigentlich da vorne los?
Es regnet.
Der Himmel ist grau.
Manchmal huschen Hirsche über die Straße.
Wir hören Musik.
Es ist Schlagzeug.
Dann endlich, endlich geht es weiter. – Jajo Duselbart, 7

∞

Ich sitze und denke
An meine Schwester Lilli
Das passiert
Wenn ich mit Mama streite
Wenn ich Spaß habe
Denke ich nicht an sie
Sie ist eine tolle Schwester
Ich liebe sie mit ganzem Herzen
Ich habe Fotos von ihr
Das finde ich schön
Manchmal spiele ich mit meinen Puppen
Und gucke mir die Fotos an
Meine Mama erinnert sich auch an sie
Sie hat mir erzählt wie ihre Geburt war
Es ist eine schöne Geschichte
Aber auch eine traurige
Am Himmel ist sie jetzt
Und sagt mir schön Hallo
Am Himmel
Wo die Wolken und die Sonne scheinen
Hilft mir meine Schwester
Sie sagt mir schöne Geheimnisse – Anisnofla, 7 *Gewinnertext der internen Wahl der unter 10-Jährigen*

MEINE ERINNERUNGEN
In Alltagsbeobachtungen mischen sich Spuren der Vergangenheit

POEDU 12. STREICH – AUFGABE VON KATHARINA FERNER

„Traumaufgabe: Erinnerst du dich an deinen letzten Traum? Oder gibt es etwas, wovon du gerne einmal träumen würdest? Schreibe ein Traumgedicht in mehreren (idealerweise 3) Versen (je 2-4 Zeilen). Die Träume müssen nicht zusammenhängen. Einmal kann es ein wunderschöner Traum sein, in der nächsten Nacht ist es vielleicht ein gruseliger Traum und in der dritten ein aufregender Traum. Achte aber darauf, dass die Gedichte einem Muster folgen (Beispiel anbei), dann klingt es später besonders rhythmisch, wenn du sie vorliest. Optional: Du kannst deinen Traum auch zeichnen. In dem Fall unterteile ein Blatt Papier in drei Teile und male zu jedem Vers ein Bild (wie ein Comic). Tipp: Sag dir deine Gedichte immer wieder laut vor, wenn du sie überarbeitest. Lass die Worte in deinem Mund rollen, krachen und springen. Du wirst spüren, wenn das Gedicht für dich stimmig ist. Ein Ausschnitt aus meinem Gedichtzyklus T-Räume:

Mir träumte:

goldknisterndes Geschenkpapier
knirschen knacken krachende
Schleifchen festgezurrt
kein Kinderfinger zwischen den Fronten.

Mir träumte:
Kaiserin Sissi gibt Haarpflegetipps
auf YouTube
100 Bürstenstriche läusefrei.

Träum dich doch lieber ans Meer!
Küstenläufer
glänzende Möwenfedern
tragen Schmuckstücke in den Schnäbeln."

∞

Ich bin unsere Lehrerin
Ich esse Wäscheklammern
Ich darf aber nur eine Wäscheklammer im Monat essen
Ich bin ein Staubsauger
Ich esse Kleidung
Aber nur frische Kleidung
Ich bin ein Gummibärchen
Ich trinke Benzin
Und ich esse kleine Kristalle – Alexey, 8

∞

Ich fahre mit dem Boot.
Das hat viel Gold geladen.
Ich flitze zum Versteck
und lade es ab.
Dann bin ich leider aufgewacht.
Sie war viel zu kurz, die Nacht. – Tede, 9

∞

Ich würde gern träumen,
dass bei Oma und Opa,
wenn der Mond voll ist,
ein Einhorn über den Mond springt.
Ich träume aber nur verschwommene Bilder
von meistens nicht viel.
Einfach nur Bilder,
die ganz fusselig sind und still herum liegen.
Tagsüber, wenn die Sonne scheint,
träume ich von Feen.
Von der Regenfee Anja, der Sonnenfee Papa, der Pflanzenfee Mama, der Tierfee Lucy
und der Schneefee Ich.
Manchmal träume ich von Drachen,
die mein Schloss angreifen.
Und, dass lauter Hexen, Kobolde und Riesen dabei helfen.
Dann fürchte ich mich gruselig. – Alva Schneefee, 5

∞

Über Regenbögen laufen
Die Wolken ausschütteln
Dass es Luftballons nach oben regnet
In die Luft geschossen werden
Und unten landen
Bei lauter plappernden Menschen
Eine komische Nachricht bekommen:
Ich soll Wolkenkratzer zerbrechen
Total verwirrt – Regina, 9

∞

Gestern Nacht habe ich mein eigenes Freibad eröffnet
In der Sonne sitzend schaute ich
Von meinem Turm hinab – schwapp
Ich sprang hinab
In das kühle Nass
Zerrte den Jungen gerade noch
Rechtzeitig aus dem Wasserloch – Jil, 10

∞

Der Gesang der Feen kommt mir entgegen
Und ich reite auf einem Pegasus
Er hat glänzende Flügel
Wenn ich runter sehe tanzen die Feen und Elfen
und alle Tiere des Feenwaldes
Die Bäume rascheln als würden sie Musik spielen
Wenn ich in den Himmel gucke
Sehe ich hunderte von Pegasussen und Feen
Sie singen und tanzen bis alle Blumen blühen – Lilia, 7

∞

Ich war in der Küche
und schmatzte,
da kam ein Bär,
er erschreckte mich sehr.
Ich stand in der Badewanne
und trank gerade eine ganze Teekanne.
Dabei machte ich Hausaufgaben,
weil wir davor beim Arzt waren. – Alina, 10

∞

Ich träumte von einer Blumenwiese mit kleinen Bienen.
Ich selbst war ein Zwerg, ein winziger Zwerg,
der auf einer Biene den Nektar
aus den Blumen schlürfte.
Ich träumte davon,
in einem Heißluftballon
über die Wolken zu fliegen,
die sich so formten,
als wären sie kleine Ziegen. – Lea, 10

∞

Ich habe schon oft Schönes geträumt. Aber es war nicht schön aufzuwachen. Denn alles was in den Träumen passiert, ist nicht wahr.

Mein schönster Traum wäre, dass ich schräg stehen könnte wie Michael Jackson, ohne umzufallen, ohne Hilfe. Doch wenn ich aufwache, liege ich auf der Nase.

Ich war unschuldig im Gefängnis. Es war nichts passiert. Kein Unfall, nichts Verbotenes. Am Morgen hatte ich keine Angst. Mir macht nichts so schnell Angst. – Ari, 6

∞

Ein Traum-Lied

Ich bin in einem Dungeon in einem langen Gang,
am Ende kommt eine Tür, zwei Nebentüren dran.
Ich lausch an beiden Türen, daraus kommt lauter Lärm,
ich lauf den Gang zurück, ich komm an einer Türe an.
Ich lausche an der Türe und merke schon ganz schnell,
in dem Raum hinter dieser Tür, da ist es totenstill.
Ich gehe durch die Türe, ich komm in einen Raum
mit einem Wasserbecken und vielen Bildern hinten drin.
Ich lauf den Gang entlang, komm an ein Gitter, öffne es,
ich komm auf einem See raus, mit vielen Fischen drin.
Ich schwimme dort hinaus und komme wieder raus,
ich bin in einer Stadt und frage mich, wo bin ich hier,
erkundige mich und ich bekomme heraus, ich bin in Irland,
ich will zurück nach Haus, dazu brauch ich einen Kahn,
dann bin ich leider aufgewacht. – Budicha Buda, 6

∞

Mein Traum

Weit, weit weg an einem fernen Ort
(ach, wär ich nur schon dort),
liegt das Süßigkeitenland,
dort winkt man mit der Hand.
Da gibt's Lianen, die sind, und das ist kein Witz, aus Lakritz.
Wenn man reinkommt, ist da ein Zuckerwatteberg
(dort wohnt der Zuckerwattezwerg).
Dahinter, aus Schokolade, Limonade, Erdbeercreme, sind bunte Seen
und viele andere Jucheen.
Wie man da hinkommt, willst du wissen?
Sobald du träumst, kommt schon ein Boot ans Kissen,
da steigst du ein. Vom Schild *Zum Süßigkeitenland* nimm einen Bissen
und schon bist du da.
(Hurra!) – Karline Schlumperbein, 7

Nach einem Monat zuckerfrei

∞

Himmelsträume

Wolken
Wolken sind schön, Wolken sind weiß
Ach wie gut, ach was für Formen; Hasen und Giraffen und drumherum
hellblauer Himmel

Regentropfen
Regen ist blau, Regen auf der Scheibe
Es gibt runde dicke und dünne Tropfen; und die Tropfen scheinen wunderbar

Sonne
Die Sonne ist gelb und scheint hinab auf die Welt
Die Schatten spielen spektakulär schöne Bilder mit der Sonne; und die Tropfen und Wolken
vermischen sich zu einem tollen Regenbogen – Maurits, 9

MEINE TRÄUME

POEDU 13. STREICH – AUFGABE VON MICHAEL STAVARIČ

„Ich habe schon als Kind Rätsel geliebt, als Erwachsener verbinde ich diese gerne mit der Poesie. Es gibt ein bekanntes Gedicht eines Dichters namens Christian Morgenstern, der notierte sich mal Folgendes: Jaguar, Zebra, Nerz, Mandrill, Maikäfer, Pony, Muli, Auerochs, Wespenbär, Locktauber, Robbenbär, Zehenbär.

Hinter diesen Wörtern verstecken sich in Wahrheit andere, die eine Abfolge ergeben, die wir alle kennen. Hast du schon eine Idee? Ich verrat es dir: Januar, Februar, März, April, Mai, Juni, Juli, August, September, Oktober, November, Dezember.

Und nun kommt eure eigentliche Aufgabe – ihr müsst meine Rätselaufgaben lösen, und danach selbst mit euren eigenen Wörtern ein poetisches Rätsel schaffen, seid ihr bereit? Dann los!

1. meins, Blei, frei, Tier, Schlumpf, Flex, Rüben, Pracht, nein, Creme

Also, was versteckt sich eigentlich hinter diesen Worten? Und sobald ihr es durchschaut habt, schreibt ihr euer eigenes poetisches Rätsel dazu auf!

2. Melkkuh, Walnuss, Pferde, Lars, putzmunter, Sandwurm, Kurabschluss, Schnepfhuhn, Bluter

Und schon erkannt, was ich eigentlich meine? Kleiner Tipp: Ich habe all diese Wörter von der Nonne aus gesehen. Also, was ist gemeint? Und nun bist du dran! Schaffe dein eigenes poetisches Rätsel dazu!“

∞

Schaf, Windlein, Schaf
Er Marder blüht sie Schlaf
Sie Butter müffelt's Träumelein
Bla stellt klapp Schwein Schäumelein
Schaf, Windlein, Schaf – Anisnofla, 7

∞

Segen, Tonne, Sägen toben, Säbel, sind, Klee, Zitter, Frühlingskind
– Funkenreiter, 7 und Goldener Ritter Prinz, 4

∞

Mainz, Schrei, Ei, Tier, grunz, Lachs, fliegen, Dach, freuen, drehen – Lilia, 7

∞

1. Rätsel: Meins, Brei, frei, Gier, schimpf, klecks, fliegen, sacht, moin, Feen
2. Rätsel: Da, Tee, Zeh, Idee, nee, elf, geh, ja, ihh, flott, bar – Inga, 14

∞

Ozelot, Orang-Utan, Kalb, Grünfink, Blindschleiche, Flamingo, Ratte
– Mira Mausebein, 10

∞

Iris, Kirsche, Echse, Buchholzallee, keine, Asper, Kakophonie, „Du, Hase!“
- Wanda, der riesige Riesensalamander, 8

∞

Werkuhr, Jesus, Herde, Twix, MediaMarkt, Haselnuss, Poseidon, Büro – Maurits, 9

∞

bunt, Fratze, Haus, Morgenröte, Rosinchen, raus – Budicha Buda, 5

∞

1. Rätsel: Mai, Pauke, Schuppe, Pfifferling
2. Rätsel: Sprössling, Donner, Knirps, Sprinter – Feli, 10

∞

1. Rätsel: Da, Bär, See, Tee, Fee, Neffe, Geld, Hahn, sie, Pott, klar, schnell, Emmer, Ben, O je, du, fähr, essen, geh, Kung-fu, Frau, Weg, nix, Poseidon, Set
2. Rätsel: Schein, Brei, frei, Vieh, Günz, Echse, kriegen, Yacht, Freund, Feen
3. Rätsel, auf Englisch: Wonne, Kuh, Knie, Rohr, Seife, mix, Treppen, Diät, Schwein, Tennis
– Regina, 9

∞

1. Rätsel: Neuer nasser Pferde Schuft
2. Rätsel: Schurke höre Schneelawine Bikini Karate Pantoffel – die dachsen in meinem Spaten
– Duana, 11

∞

1. Rätsel: Kleiner Künstler, großer Star, König der Popmusik, fett, oh Angst, eat it, schwarz oder weiß, Powackler, tanzt auf einem anderen Planeten.
2. Rätsel: Kuscheln, Lauch, rutschen, viele Zimmer, eene meene, atmen, brechen, großer Denker, hören und schmalzen, schlecken und Süßes schmecken, riechen und popeln. – Ari, 6

∞

1. Rätsel: Kitzeln, Warmer Schokoladenkuchen, Teddywurst, Wecker, Mikroskop
2. Rätsel: Tonne, fegen, Reh, Nagel, Geschwind, Schnäbel – Alva Schneefee, 5

∞

1. Rätsel: Sie Schmatze fit pi Schleppe dumm
2. Rätsel: Tube Rabe Hörmich Nass
3. Rätsel: Hund Hund Bommel bricht fettig frisst blass Bratgericht – Tintenfisch, 9

AUFLÖSUNG

Schlaf, Kindlein, Schlaf
Der Vater hüt die Schaf
Die Mutter schüttelts Bäumelein
Da fällt herab ein Träumelein
Schlaf, Kindlein, Schlaf – Anisnofla, 7

Regen, Sonne, Regenbogen, Nebel, Wind, Schnee, Gewitter, Wirbelwind – Funkenreiter, 7 und Goldener Ritter Prinz, 4

1-10 – Lilia, 7

1. Rätsel: 1-10
2. Rätsel: A-K – Inga, 14

Die Regenbogenfarben Rot, Orange, Gelb, Grün, Blau, Indigo, Violett – Mira Mausebein, 10

Birke, Kiefer, Eiche, Buche, Linde, Ahorn, Kastanie, Douglasie – Wanda, der riesige Riesensalamander, 8

Merkur, Venus, Erde, Mars, Saturn, Uranus, Neptun, Pluto – Maurits, 9

Hund, Katz, Maus, Schildkröte, Kaninchen, Laus – Budicha Buda, 5

1. Rätsel: Ei, Raupe, Puppe, Schmetterling
2. Rätsel: Frühling, Sommer, Herbst, Winter – Feli, 10

1. Rätsel: 1-10
2. Rätsel: Alphabet
3. Rätsel: 1-10 auf Englisch – Regina, 9

1. Rätsel: Feuer Wasser Erde Luft
2. Rätsel: Gurke Möhre Aubergine Zucchini Tomate Kartoffel – die wachsen in meinem Garten – Duana, 11

1. Rätsel: Michael Jackson
2. Rätsel: Der menschliche Körper – Ari, 6

1. Rätsel: Fühlen, Riechen, Schmecken, Hören, Sehen
2. Rätsel: Sonne, Regen, Schnee, Hagel, Wind, Nebel – Alva Schneefee, 5

1. Rätsel: Die Katze tritt die Treppe krumm
2. Rätsel: Bube, Dame, König, As
3. Rätsel: Punkt, Punkt, Komma, Strich, fertig ist das Mondgesicht – Tintenfisch, 9

MEIN POESIERÄTSEL

POEDU 14. STREICH – AUFGABE VON YEVGENIY BREYGER

„Was habe ich? Inventur: Überlege, welche Sachen, die du besitzt, dir wichtig sind und schreibe sie in Zeilen auf. Es können dabei sowohl Gegenstände sein als auch Personen, oder Erinnerungen und Gefühle. Beispiel von Günther Eich:

Inventur

Dies ist meine Mütze,
dies ist mein Mantel,
hier mein Rasierzeug
im Beutel aus Leinen.
Konservenbüchse:
Mein Teller, mein Becher,
ich hab in das Weißblech
den Namen geritzt.
Geritzt hier mit diesem
kostbaren Nagel,
den vor begehrlichen
Augen ich berge.
Im Brotbeutel sind
ein Paar wollene Socken
und einiges, was ich
niemand verrate,
so dient es als Kissen
nachts meinem Kopf.
Die Pappe hier liegt
zwischen mir und der Erde.
Die Bleistiftmine
lieb ich am meisten:
Tags schreibt sie mir Verse,
die nachts ich erdacht.
Dies ist mein Notizbuch,
dies meine Zeltbahn,
dies ist mein Handtuch,
dies ist mein Zwirn.“

∞

Ich habe eine Mama
Ich habe einen Papa
Ich habe alles
Ich habe Freunde und Freundinnen
Ich habe eine Schwester
Ich habe eine Kartoffel
Ich habe Kuscheln
Ich habe Lehrerinnen
Ich habe einen Hund und einen Papagei
Ich habe Wut
Ich habe Schmerzen
Ich habe lustige Sachen
Ich habe alles
Ich habe Malen und Schönheit
Ich habe fast alles was ich brauche
Ich bin so glücklich wie ich mein Leben habe
Ich brauche nichts mehr – Anisnofla, 7

∞

Dies ist meine Couch
und mein Kuschelmops,
dies ist mein Schuh-Paar.
Mein PC ist cool
und meine PS4.
Meine Mutter und mein Vater
und Tante und Onkel, auch
meine Cousine, mein Opa und
meine Cousine.
Und meine Schwester!
Ich liebe unsere Küche,
leckeres Eis und Wassermelone.
Ich mag meine fluffigen Socken,
meine Nike Schuhe
und Energy Drinks. – Minja, 11

∞

Puzzles mag ich
noch gerner
als Tomaten essen – Raketenpeter, 5

∞

Das habe ich

Was hat mein Tiger? Mein Tiger hat mich.

Ich mag meinen Tiger und er mag auch mich.
Mein Tiger hat Plüschfell und ausgefranste Ohren, doch ich habe Ohrenschmalz und ein Kratzen im Halz.

Mein Tiger hat Augen so grün wie der Wald.
Doch ich habe Augen so grau wie die Nacht.
Ich hab einen Tiger, der jeden Tag lacht. – Rübezahl Cocktail, 7

∞

Meine Katzen

Ich hatte einen Kater Findus, der leider starb.
Ich bekam eine Katze.
Sie hieß Charlotte.
Sie bekam Kinder und starb.
Zwei ihrer Kinder blieben bei uns,
Esmeralda und Adele.
Leider lief Adele weg. Doch Esmeralda blieb.
Sie bekam Kinder und starb nicht.
Wir behielten wieder zwei. Sirius starb nicht
und Tessa starb auch nicht.
Sie bekam Kinder. Kleine Rabauken sind sie.
Eine von ihnen bleibt.
Mir wäre es lieber, wenn alle geblieben wären.
Helena, Charly und Juri sollen auch bei mir bleiben.
– Wanda, der riesige Riesensalamander, 8

∞

An einen treuen Freund

Lieber Beschützwolf,
du bist mir schon viele Jahre ein guter und treuer Freund.
Vielen Dank dafür, dass du Nacht für Nacht zum Schutz für mich Wache gegen das Böse hältst.
Das soll unser ganzes Leben noch so bleiben. Viele Grüße, dein Maurits, 9

∞

Mein Degen ist ein Segen
Meine Mütze hab ich schon lang
Hab ich schon Jahre an
Mein Tablet ist mir sehr viel wert
Mehr Euros als ich habe
Mein Messer ist mir richtig wichtig
Der Pepe hat auch eins
Ein anderes als meins
Ich hab noch eins
Ich mag ihn ziemlich gern
Den Pepe
Mein Gefühl ist mir ganz nah
Na klar – Karl Egal, 7

∞

Meine Sachen

Die Tasse, die Puppe und der Ball, das Steckenpferd, die Geige mit dem Bogen und zunächst das Buch, die Schuhe und zwar alle in Rot und die Lampe, der Kamm und das Auto, die Kerze, ja, die brennt so hell und so schön, dann gab es da noch die Zeitung, in der Opa immer liest und die Brille, den Sessel, die süßen Kirschen, die Kühe und die Uhr, der Schrank und der Stuhl, die Blume und der Baum, das Bett und der Briefkasten, in dem immer jede Menge Post drinsteckt und das schönste Gemälde mit Grün, Pink und Blau und zum Schluss Rot, das Schränkchen, das Foto und das Puppenhaus, der CD-Player, aus dem laute Musik kommt, der Hut und der Luftballon, der weiße Farbtopf und das Spielmotorrad, das pinke Fahrrad, der Sandkasten im Garten, das Fenster, die Kiste mit Holz verziert und das Holz ist ebenfalls verziert, der Muffin, der super schmeckt, der Dackel namens Stadi, der Stift, die Tasche von Mama und der Wanderstock für Papa und die Trompete von meinem Bruder Leonard und die 1 2 3 4 5 6 7 Figuren von meiner Schwester Emma und der Hut von mir. Dann war da noch das Osterei vom letzten Jahr und wie es dann kommt, ist es vergammelt und daher kommt es auch, dass Emma und Leonard sich immer streiten: weil Leonard das Ei behalten will und Emma nicht, naja. Auf jeden Fall war da noch das Sofa, auf dem Oma immer strickt. – Lilia, 7

∞

Die Freunde sind bei mir sehr wichtig,
drum sind sie auch noch sehr gewichtig.
Zum Lesen braucht man sehr viel Zeit,
100 Seiten allzeit bereit.
Der Fahrtwind pfeift einem um die Ohren,
das Rad rollt schon den Berg hinab,
das Fahrrad ist es – das war klar! – Max, 10

∞

Ich habe fast alles am allerliebsten auf der ganzen Welt.
Außer Fieber, Shampoo und Süßigkeiten.
Fieber manchmal doch,
weil ich dann stundenlang glotzen kann.
Ich liebe meinen weißen Hut mit dem schwarzen Strich.
Ich liebe alles von Michael Jackson und Kraftwerk.
Meine Mutter, weil sie so schön ist.
Meinen Papa, weil er Rückwärtsfilme mit mir dreht.
Meinen Opa, weil er eine 128 Megabyte Speicherkarte
in seiner Kamera hat.
Meine Oma, weil sie aus Badeschaum Geschichten erfinden kann. Wir nennen es Legenden.
Ich liebe Hamburg, weil ich der einzige echte Hamburger in der Familie bin, außer Papa.
Die Zeitungsfrau mag ich auch, weil sie mir immer die Ninja Hefte aufhebt.
Ich liebe Erdbeeren, weil ich ein Erdbeermonster bin.
Ich liebe auf jeden Fall Corona NICHT. Das ist wichtig. Sehr wichtig. – Ari, 6

∞

Was ich habe

Hier ist mein Pulli,
mein T-Shirt, meine Hose,
das ist mein rotes Kleid,
meine Socken sind meist lose.
Fahren tu ich mit Fahrrad, Skateboard,
Inline-Skates oder mit dem Roller,
über Straßen und bergauf,
bergab ist aber toller.
Mit meinem Füller schreib ich gern,
meine Buntstifte sind zum Malen.
Hier ist Kleber, Schere, Lineal,
mit meinem Bleistift schreib ich Zahlen.
Meine Familie sind Mutter, Vater, kleine Schwester.
Wir spielen viel und machen Musik,
wie ein kleines Orchester. – Feli, 10

∞

Was ich habe

Dies ist mein Zimmer,
dies ist mein Schrank,
hier mein Bett
mit hölzernem Rand.
Schreiben, schreiben,
ganz klar – das ist mein Tagebuch, oh ja!
Dies ist meine Mama,
dies ist mein Papa,
hier noch mein Bruder.
Meine Freunde,
ganz klar,
die BFFs,
oh ja! – Jumana, 10

∞

Dies ist mein Klavier,
auf dem ich gern spiele
Mit der Kamera
filme ich Tiere
Im Schmuckkästchen
befinden sich
Armreif, Ring
und Kette
Der Zeichenblock,
der ist mir wichtig,
Bilder zu malen
Draußen tobe
ich mich gerne
mit dem
Springseil aus – Lea, 10

∞

Meine Schneekugeln
von hier und dort
nehm ich mit von jedem Ort
Dies ist meine Katze
kratzig und schmusig
Lieb ist mir meine Familie
hält zusammen wann es geht
ein gutes Team stark und fröhlich
Schreibtisch
schreiben malen basteln
Spaß
Mein Zuhause:
wohlfühlen ist erlaubt
Gäste immer willkommen – Jil, 9

∞

Was ich mag

Ich habe viele Dinge,
groß und klein.
Ich kenn' viele Leute,
mal nett, mal gemein.
Ich hab viele Träume,
manche schön, manche doof.
Ich mag unsere Katze,
unser Haus, unseren Hof.
Ich liebe die Blumen,
die im Garten stehn,
die Kraniche,
die über den Acker gehn.
Meine Bücher und Filme
mag ich gerne,
den Blick aus meinem Zimmer
in die Ferne.
Und ich habe
jeden Tag
meine Familie
die ich mag. – Stine, 11

MEIN LISTENGEDICHT/MEINE INVENTUR

Mautz
1 KG

POEDU 15. STREICH – AUFGABE VON JOHANNA HANSEN

„Es stehen zwei Aufgaben zur Auswahl. Es wäre schön, wenn die Sätze sich in beiden Aufgaben am Ende reimen. Die erste Aufgabe: Lege deine gespreizte Hand auf ein Blatt Papier und zeichne den Umriss. Schreibe rundherum an jeden Finger einen oder mehrere Sätze, in denen du dich als Tier beschreibst. Du darfst auch gern die Innenfläche der Hand beschriften oder bekritzeln oder farbig ausmalen. Beispiel:

Ich bin ein Bär.
Ich habe große Tatzen, die kratzen
Beim Essen mag ich schmatzen
Ich schneid auch gerne Fratzen
Und schlaf auf zehn Matratzen

Die zweite Aufgabe: Zeichne den Grundriss eines Hauses. Einzelne Zimmer darin. Schlafzimmer, Wohnzimmer, Küche und so weiter. Schreibe in jedes Zimmer, wer oder was darin wohnt. Auch das Haus darf gerne farbig gestaltet werden. Beispiel:

Im Kinderzimmer wohnt eine Mücke Glück.
Sie summt für dich und mich, drei Lieder vor und zurück.

Das ist das Zimmer von Löffelmann. Ein Hase, der
nicht nur zu Ostern zaubern kann."

∞

Ich werde die Nachtleuchtende genannt
und schreibe meinen Text auf diese Hand
Ich bin Feuer und Wasser
in der Ferne wirke ich blasser
Schillernd und bunt
schwebe ich über den Meeresgrund
Mit anderen bilde ich einen Schwarm
ich mag es mal kalt, mag es mal warm
Gegen den Strom schwimme ich
auch als Medusa kennt man mich – Tintenfisch, 9

∞

Hier wohnt das Kind das sehr viel liest
und bei dem das Reden fließt.
Die eingelegten Gurken,
haben große Burgen.
Hier wohnt das kleine Krabbeltier,
8 Beine, keine 4.
Hier wohnen die Riesen mit Fliesen
aus Wiesen.
Hier wohnt das Etwas, das gern verwendet
und benutzt,
und gerne auch die Pfanne wendet.
Hier wohnt die, die kein Fleisch mehr mag,
ich mag sie sehr.
Hier wohnt die Schlange namens UM
in ihrem Terrarium.
Hier wohnt der Schisser und der Chiller
und die sind beide Gewinner. – Max, 10

∞

Ich bin ein Luchs
Und hab nen Fuchs.
Die Backrolle liegt auf dem Tisch.
Ich backe nen gestreiften Fisch.
Lecker Schmaus. Aus. – Karl Egal, 7

∞

Nachmittagsphase

Im Grase lag mal der Hase.
Sachte platzte die Seifenblase
auf der Nase der Base.
Sie lachte in hohem Maße.
Es sprang aus dem Grase der Hase. – Maurits, 9

∞

Matze.
Die vollbärtige Katze.
Was machtse?
Streichelt mich mit ihrer Tatze.
Schmatze, schmatze. – Tede, 9

∞

ICH ENTDECKE
DIE SCHNECKE
AUF DER HAND
WO SIE SICH WAND
UND____________ VERSCHWAND!
(In der Schnecke: hejo spann den wagen an fahr mit vollgas auf der autobahn)
– Raketenpeter, 5

∞

In meinem Haus leben

Michael Jackson
Herr Sommer
Frau Petrus
Tiger Bernd rockt
Tomic Misso Reis Liedermacher – Ari, 6

∞

Eisbär

Ich steh auf der Eisscholle
Da fällt Schneewolle
Ich bin weiß, mit viel Fleiß
Ich bin der Eisbär, gib mir den Fisch her
Ich hab keine Wut, das schmeckt gut – Lilia, 7

∞

Ich bin eine Krähe
Mit meinen Krallen fang
ich Nüsse noch im Fallen

Wenn ich mich in die Lüfte
schwinge, dann hoffe ich, die
Landung gelinge

Früher arbeitete ich als Pilot, dann fuhr ich
Auto, im Cabrio in Rot

Jetzt bin ich
ein Dichter und
dichte über mich als
Tier, jetzt und hier – Duana, 11

∞

Ich bin die Weinbergschnecke,
kriech langsam um die Ecke,
ich mag es, wenn ich an Salat lecke,
die kleinen Käfer erschrecke
und mich in der Hecke verstecke. – Stine, 11

∞

Mein Haus

Der Hase
Herr Nase
Springt aufs Bett hinauf
Und kommt höher rauf
Da findet er das Bett
Sehr nett

Unser britischer Tiger sagt
Er sei ein Mr. Tiger
Aber er ist nur ein Treppensteiger

Engl. ausgesprochen: Taiga

In der Küche machen Fische große Sprüche:
Eure Blubb-Majestät sitzet am Tische
Sie reden so geschwollen
Weil sie reimen wollen

Im Wohnzimmer
Sitzt immer
Onkel Affe
Und hält eine Karaffe
Auf dem Stuhl
Und findet sich ganz cool – Regina, 9

In dieser Woche nahmen ein paar der POEDU-Kinder an dieser Ausschreibung teil: Treffen junger Autor*innen, *der Preis des deutschlandweiten Wettbewerbes der* Berliner Festspiele *für junge Schreibende. Sie reichten die bis dahin geschriebenen POEDU-Gedichte ein. Drei unserer Poetinnen wurden daraufhin mit einem kleinen Preis ausgezeichnet. Herzlichen Glückwunsch Duana, 11, Amelie, 11 und Gwang, 11. Ihre Gedichte sind in diesem Buch versammelt.*

MEIN BILDGEDICHT

POEDU 16. STREICH – AUFGABE VON PATRICK WILDEN

„Schreib ein Gedicht in D. Das deht doch dar dicht? Na klar, stimm einfach den Kammerton D an, du drolliger Döskopp-Denkzettel-Dumbledore-Drachentöter-Däumelinchen-Dichter :-D Das deht doch!"

∞

Dünendistel, dauernd duldest du die Dürre.
Dumpfer Dunst durchdringt die Dämmerung.
Dazwischen der dämmende Deich.
Dort draußen durchschwimmen drei Delfine das Dänische Meer. – Maurits, 9

∞

Die Dusche des Denkens

Dinge
Dinge
Dinge
Durchzucken der Dolche
Dinge
Dinge
Dinge
Darüber, darunter
Dinge
Dinge
Dinge
Durch
Dinge
Dinge
Dinge
Darniederliegen – Regina, 9

∞

Du, denk daran, dass du der Dienerin
des Drachen dankst dafür,
dass du dienstags,
dem Drachenfesttag,
deine dunklen Dinge darbieten darfst. – Wanda, der riesige Riesensalamander, 8

∞

Du darfst das dicht
danlangen!
Donst dimpft dan dich. – Sinombre, 8

∞

Der Dackel denkt die Diät durch, durchisst den Donut,
denkt an die Donauwelle,
durchbiegt sich dann durch den dritten Donut.

Der Dackel durchschläft den Donner,
duscht, denkt, diskutiert,
durchbiegt sich durch den dreizehnten Donut,
der Dackel hat sich verrenkt. – Inga, 14

∞

DIE DOPPELKUH
DU DUH DU DAST DES DUT
DU DAST DWEI DÖPFE
DU DISST DWEI DANNKUCHEN
DU DAST DEINEN DITSCREEN DIM DOPF
DUM DSCHLAFEN DÄLLST DU DEINFACH DUM
DUND DRÄUMST DON DEINEM DIEGENDEN D – Ari, 6

∞

Durstige Drachendamen denken drollige Dinge:
Dumme Dachse drehen DVDs.
Dicke Dackel dürfen das.
Dichtende Delfine demonstrieren durch die Dämmerung.
Daneben dekorieren düstere Dromedare Datteln: Delikatesse!
Diplomatische Dinosaurier dirigieren Deutschland.
Dann dösen durstige Drachendamen. – Tintenfisch, 9

∞

Die Dabelwesen

Der Drache, der dist dausgestorben
Der dleine Drache, der dieß Dorben

Der Daul, der dar dein Dino
Der ding dehr dern dins Dino

Der dleine Dampir
Drinkt dicht derne Dier – Flora Frühlingsfeder, 10

∞

Die Datze denkt:
Donnerstag, den dob dich dir
Da dommt der Dorsch
Der diecht do dut
Den dönn dich dir! – Raketenpeter, 5

∞

Der droße Drache

Dliegen dann der Drache dauch.
Dund daus deinem Daul dommt danz diel Drauch.
Drachen dliegen Dleifen.
Dund dalle Deute dreischen.
Der Drache dist dicht dicht.
Desonders dim Desicht.
(Da dommt der Dauch daus) – Peter Plappergei, 7

∞

Diego Dino dielt dit Dunden.
Dis die deinen Datz defunden.
Der Datz dist dungewöhnlich,
Denn drinnen ditzt dein Dönig. – Funkenreiter, 7

∞

Drei Dänen

Drei dünne Dänen, Daniel, Dieter, Dirk,
diktieren dicken Delfinen Diäten.
Daniel definiert: „Dicke Delfine dürfen
die Delikatessen Dinkelbrot, Dinkelnudeln, Dinkelpizza."
Drei detektivische Dänen, Daniel, Dieter, Dirk,
durchsuchen Dagoberts Diebesgut.
Daniel durchschaut den dreisten Dieb.
„Dummer Dagobert!"
Drei drollige Dänen, Daniel, Dieter, Dirk,
düsen durch die Dünen.
Doch Dirk der dickste, döst derart dramatisch,
dass die Dächer dröhnen.
Doofes Dänengedicht?
Denkste! – Stine, 11

DEIN DEDICHT

POEDU 17. STREICH – AUFGABE VON ELSYE SUQUILANDA

„Diese Aufgabe hat ganz viel mit der Ankunft des Chicho, meinem andalusischen Hund in meinem Leben zu tun. Und mit all den Dingen, die er mir beigebracht hat. Sowie alle Tierchen und ihre Botschaft an uns in dieser Welt. 2011 kam Chicho Agustín Dalí aus Andalusien aus einem Tierheim nach Berlin, um mich zu retten. Ich beobachtete all seine Bewegungen, sein Bellen, seine Ruhe, seine Augen, während er mir die Bedeutung und den Wert des Lebens beibrachte. Was er mir sagte und was ich von ihm lernte:

CHICHO mein andalusisches Hündchen, mein CHICHOISMO

Lebe jeden Tag mit gleicher Liebe und Respekt
Für alle lebenden Wesen
Blicke friedlich und sanft drein
Liebe deinen Körper, nähre ihn
Lächle mit heraushängender Zunge
Trockne dem die Tränen, der weint
Schüttle deinen Körper, wenn er nass geworden ist
Halte deinen Kopf immer fein aufrecht, in jeder Situation
Und lächle mit heraushängender Zunge
Nicht vergessen, morgens nach dem Aufstehen sowie im Lauf des Tages
Sind eine Portion Chichotation, Chichoyoga und Chichotanz äußerst wichtig
Strecke deine Pfoten nach vorne aus
Schüttle alles Schlechte von dir ab
Lege Hass ab
Lege Neid ab

Die Aufgabe heute also ist: Übersetze die kleinen Botschaften/Nachrichten der Tiere, die sie dir zuflüstern, und schreibe sie auf. Das darfst du sehr gerne in der Sprache deiner Wahl machen. Falls du kein Haustier hast, versuch doch mal, mit den Fliegen zu sprechen, den Bienen, den Tauben, die dir auf deinem Weg begegnen. Dies ist nicht nur eine Poesieübung, es ist eine Übung fürs Leben, die dir helfen wird, jeden Tag ein klein wenig besser zum Rest der Welt zu sein. Deine Elsye“

∞

Marienkäfer

Oh Glückverbreiter, auch kleine Steine sind große Felsen, die du übergehen kannst.
Auch langsam kommst du weit.
Du kannst auf dünnsten Halmen laufen. Du bist so zirkusreif und lehrst uns, vorsichtig zu sein.
Und wegfliegen, das kannst du auch.
Doch du vergräbst dich in die Gräser, bis du unsichtbar bist, weg, verschwunden. – Maurits, 9

∞

Das fleißige Bienlein sagt

Sei stets munter, fleißig und aufmerksam,
beginne den Tag mit einem Lächeln.
Wenn es Abend und kühler wird,
kehre heim,
damit du ausgeruht bist
für den nächsten Tag.
Nutze deinen Stachel nur,
wenn du musst.
Hilf denen,
die Hilfe brauchen.
Bleib denen treu,
die dir treu sind. – Stine, 11

∞

Mein Wolf lehrt mich alte Weisen der Jagd.
Er gibt mir Mut zu überwinden was mir nicht behagt.
Er meint: „Schaue zum Himmel empor,
Bringe das Lied der Nacht, ein Heulen, hervor.
In jedem von uns steckt ein Held.
Streife mit deinem Rudel um die Welt. – Regina, 9

∞

Das Jahr für den Adler

Lass dich nicht von den Krähen stören,
habe stets wachsame Augen,
pass immer gut auf die Windräder auf,
greife nie einen älteren Adler an.
Und kehre in jedem Jahr auf die Robbeninsel zurück. – Budicha Buda, 6

∞

Du Katze

Du magst mich
und ich mag dich.
Siehst du den Stern?
Ich sehe ihn auch.
Ich kraul dich gern.
Du und ich. – Tede, 9

∞

Hase Klati sagt

Verschwinde in deinem Haus
Wenn der ärgste Feind in deine Nähe kommt
Höre schnupper und sehe
Dann kannst du viel entdecken
Knabbre dein Lieblingsessen
Und ganz wichtig
Hab immer viel Spaß – Lilia, 7

∞

Mila lehrt

Habe wache, leuchtende Augen
und schleiche immer auf leisen Pfoten,
streiche an Füßen und Büschen vorbei
und klettere blitzschnell auf Bäume.
Bewundere Vögel,
wie sie durch die Lüfte fliegen
und jage ihnen nach!
Spaziere über Felder und
halte Ausschau nach Mäusen.
Hast du schon eine entdeckt?
Genieße den Abend und die
Stille der Nacht.
Wenn die ersten Sonnenstrahlen
in dein Gesicht scheinen,
mache dich langsam auf den Heimweg! – Feli, 10

∞

Ein Schwein müsste man sein

Liege in der Sonne, wälze dich im Matsch
Grunze zur Begrüßung
Knurre, wenn du Hunger hast
Zucke mit den Ohren, um lästige Fliegen zu verscheuchen
Springe hoch, wenn du wissen willst, was passiert
Stampfe auf, falls dir etwas nicht passt
Nichts zu tun und dich auszuruhen ist deine Lieblingsbeschäftigung! – Tintenfisch, 9

∞

WAS WIR VON ELEFANTEN LERNEN KÖNNEN

Sei lebensfroh und ruhig.
Sei niemals allein.
Sei fröhlich.
Sei stark.
Sei immer für Andere da.
Du bist schön, auch wenn du dick bist. – Wanda, der riesige Riesensalamander, 8

∞

WHAT WE CAN LEARN FROM HORSES

Gallop
when you want to leave everything behind you.
Stand still
when the danger is over.
Protect the old,
guard the young.
Rise
when the ground trembles.
Rest
to strengthen your nerves.
Drink
when your body needs it.
And gallop
when you want to leave everything behind you.
Fly.
Dream.
Hover. – Mira Mausebein, 10

WAS WIR VON PFERDEN LERNEN KÖNNEN

Galoppiere,
wenn du alles hinter dich bringen willst.
Bleib stehen,
wenn die Gefahr vorbei ist.
Schütze die Alten,
bewache die Jungen.
Steige,
wenn der Boden bebt.
Ruhe,
um deine Nerven zu stärken.
Trink,
wenn dein Körper es braucht.
Und galoppiere,
wenn du alles hinter dich bringen willst.
Fliege.
Träume.
Schwebe. – Mira Mausebein, 10

A B C D E f g H
I J K L m N O P
Q R S T U V W X Y Z

POEDU 18. STREICH – AUFGABE VON ESTHER ANDRADI

„Die Welt steht Kopf, wie sieht diese Welt für dich aus? Gehst du auf deinen Händen oder fliegst du? Wohnst du auf den Bäumen oder auf dem Mond? Dein Hund spricht Chinesisch und dein Nachbar bellt? Erzähl in acht Zeilen einen Tag deines Lebens, in dem die Welt Kopf steht, wo das Unmögliche möglich wird und umgekehrt.

Mit Reimen und ohne,
mit Klatschen und Tönen,
Klängen und trommeln,
summen und rummeln,
verbieten verboten
es macht Spaß!

Wenn die Welt Kopf steht
fliegen wir mit dem Bett
das Eis kommt auf Knopfdruck
und das ist richtig kess

Wenn die Welt Kopf steht
tanzen alle und spielen
gibt es niemals Zoff
wunderschön ist der Frieden“

∞

Körper andersrum

Der Popo isst
Die Beine lesen das Buch
Das Blut pumpt das Herz durch den Körper – Raketenpeter, 5

∞

Ich mache einen Kopfstand auf den Füßen,
liebe es, mit der Nähmaschine zu stricken,
hasse es, mit der Nähmaschine zu nähen.
Mama, Papa und ich haben noch vor,
unter Wasser spazieren zu gehen.
Heute Nacht werde ich meine Freunde besuchen.
Morgen fliege ich nach Frankreich und werde Detektiv,
dann lasse ich mir ein Duselbärtchen wachsen. – Jajo Duselbart, 7

∞

KLATSCH KLATSCH TSCHU TSCHU *Ein Klatschspiel für Kinder in Fantasiesprache*

Tschitschi baka dudu
Ehbeh ahdeh hai!

Dakdak bubu De
De daka gugu hai!

Pupu kahkah blu
Kah eff hakah ta!

All Se Ma Lu Tu
An lulu baka tschutschu

Tee kah! – Rübezahl Cocktail, 7

∞

Steht die Welt auf dem Kopf.
Natürlich kann die Welt nicht auf dem Kopf stehen.
Aber sie kann den Kopf verlieren und ganz irre werden.
Im Weltall gibts kein oben und kein unten.
Planeten fliegen herum,
man hat keinen Boden unter den Füßen
und das ist dumm.
Aber dafür fällt nichts um.
Auch nicht auf dem Saturn. – Ari, 6

∞

Mein Wecker sagt am Morgen
„Alles klar, keine Sorgen!“
Ich bin gleich angezogen
Mein Frühstück kommt geflogen

Ich schwinge mich von Baum zu Baum
Das glaubt man in der Stadt mir kaum!
Der Tag ist nie vorbei
Drum her, mein Frühstücksei! – Peter Plappergei, 8

∞

Etwas sehr sehr Seltsames

Jeden Abend steh ich auf,
Maske auf und ab zum Einkauf!
Hört man Töne, hört man Schreie,
Die Schnecken fliegen beinahe!
Plötzlich macht jemand Mucke an
Und fängt an zu zählen: one…
Es bildet sich ein Battlekreis,
Irgendwer bringt Schokoeis.
Auf dem Platz und in dem Platz,
Fangen alle an zu tanzen.
Und der kleine grüne Spatz,
Sprang durch seine Finanzen. – Isabell Coffeecup, 11

∞

Affen hüpfen Stuhl zu Stuhl
Und Nilpferde schwimmen von Pool zu Pool
Giraffen essen Schokoeis
Und Löwen sind statt gelb ganz weiß

Wir Menschen klettern auf ein Haus
Und haben keine Angst
Die Hasen üben Tango
Und Möwen essen Mango – Funkenreiter, 7

∞

Auf einem Bein hüpfend flieg‘ ich auf die Wolken.
Dort wohne ich und laufe auf Planet 765803,
denn dort wohnt mein hüpfendes Hupeldemp.
Ich bekomme gern das fliegende Essen mit ihm,
denn praktischerweise hüpft es das Essen auf,
so, dass es für mich übrigbleibt. – Maurits, 9

∞

Gestern bin ich aufgewacht
Da hat mir die Müllabfuhr den Müll gebracht
Die Ampel ließ mich bei Rot durch
Am Teich wurde aus nem Frosch ein Lurch
Meine Lehrerin saß in der letzten Bank
Neben ihr ein Junge – er hatte Fieber und war nicht krank
Und dann ist der Tag zu Ende gegangen
Ich bin froh: kein Polizist wird mehr von Dieben gefangen – Regina, 9

∞

Ich wache auf, alles fühlt sich anders an.
Mein kleiner Bruder ist bereits ein Mann.
Ich schwebe auf die Straße raus, überall nur Kutschen.
Und Dinosaurier, die auf dem Spielplatz rutschen.
Von den Bäumen hängen Vögel, bellen laut und furios.
In der Stadt bricht ein wildes aber buntes Chaos los.
Alle tanzen durch die Straßen, lachen, freuen sich und singen.
Wollen auch den anderen ein Stück vom Glück schnell bringen. – Tintenfisch, 9

∞

Am Tag leuchtet der Mond,
in der Nacht ist es hell.
Jagende Löwinnen sind langsam,
kleine Schnecken blitzschnell.
Fische gehn an Land spazieren,
Katzen schwimmen übern See.
Ist es Winter, blühen Blumen,
und im Sommer fällt der Schnee. – Stine, 11

∞

Gegenteilsgedicht

Abends steh ich auf,
nachts ich dann zur Schule lauf.
Später haben wir Pause,
das nervt mich sehr,
dann haben wir Schluss,
das nervt mich noch mehr.
Ich fahre zurück,
ist nur ein ganz kleines Stück. – Duana, 11

Ist bei euch auch manchmal Gegenteilstag?

∞

Die Welt ist gerade
nicht interessiert –
wenn die Sonne abends auf
und morgens untergeht – Raketenpeter, 5

POEDU 19. STREICH – AUFGABE VON ULRIKE ALMUT SANDIG

„Leute, heute wird es magisch. Schreibt euch einen Zauberspruch! Wen wünscht ihr euch her? Was soll verschwinden? Wer soll Hasenohren kriegen? Wer will fliegen? Wo hilft nichts mehr, höchstens Zauberei? Welche Zutaten braucht ihr? Drachenkrallen? Schwierige Zahlen? Was ist mit Cola? Und in welcher Sprache? Muttersprache? Buttersprache? Zaubersprache? Ich hab es auch einmal versucht:

Salzkorn, Salzkorn
bitte mach
dass ich lach
bitte, ach
dieser Zorn
dieser Zorn
dass ich lach
bitte mach
dass er
Salzkorn, Salzkorn
sei verlorn.

Wer will, kann seinen Zauberspruch auch als Video aufnehmen. Klingt euer Zauberspruch laut oder leiser, ernst oder heiser, oder ganz anders?"

∞

Der Vorlesezauber

Man braucht ein leeres Buch und einen Stift,
dann sagt man: Hokuspokus, vorgelesen
hätt ich gern um 12 Uhr 10. – Budicha Buda, 6

∞

Freundeszauber

Bimba Dimba Zauberstein,
sie soll endlich bei mir sein.
Bring mir meine Freundin her,
mit Zauberkraut, das ist nicht schwer.
Klee und Tee und Majoran,
damit ich glücklich sein kann. – Catalina, 10

∞

Sturmzauber

Potzpadautz und Pinkelwurm
mein Haus ist schief von einem Sturm!
Ene mene Kakadu
Schneckenschleim und Krötenschuh
quietschegrüne Marmelade
mein Häuschen ist jetzt wieder gerade! – Tede, 9

∞

lirum larum löffelstiel
alles ist mir viel zu viel
drum wär ich gern so wie ein priel
ich liefe ohne jedes ziel
einfach wie es mir gefiel
vielleicht sogar bis raus nach kiel
– man weiß es nicht. – Raketenpeter, 5

∞

Körnchen Körnchen
Ich will ein Eichhörnchen
Ene mene drei zwei eins
Das Eichhörnchen ist sofort meins
Ene mene drei zwei vier
Alle Hörnchen sind jetzt hier
Ene mene drei zwei sechs
Da lach ich wie ne Ekel Hex – Karl Egal, 7

∞

7 Bonbons sollen kriegen,
die fünf Fliegen, die da sitzen,
auf dem Fensterbrett herumflitzen.
Dann sollen sie groß sein
und Leute erschrecken,
aber danach sich wieder verstecken. – Feli, 10

∞

Sonnenschein und bunte Lichter,
Ich stell Corona vor den Richter!
Kuchenschmaus, frohe Gesichter,
Werdet glücklich, all ihr Dichter! – Flora Frühlingsfeder, 10

∞

Rosen riechen
Rosen blühen
Rosen wachsen
Erdbeergrün
Brombeerglut
Kirschenhut
Pflaumenglatt
Altes Blatt
Blätterbaum
Die werden jetzt zu einem Traum – Lilia, 7

∞

Einen Eiswasserbüffel, den zauber ich mir, dafür brauch ich – ganz einfach – Stift und Papier!
Mein nächster Wunsch heißt Gerechtigkeit, hier halte ich all meine Kräfte bereit.
Drachenkrallen, Lichtwürmer und Lamafell, schon leuchtet der Zauber ziemlich hell.
Noch eine Prise Kräuter hinein, überall soll es friedlich sein.
Musik dazu, ein paar schöne Töne, damit sich ein jeder bald versöhne.
Zum Schluss noch etwas himmelblau, dann ist die Welt nicht mehr ganz so mau. – Tintenfisch, 9

∞

Schweineohr und Ziegenbein
Du bist nicht allein
Drachenkralle Wasserfälle
Drei vier sechs acht vier neun
Du bist jetzt ein Schwein – Funkenreiter, 7

Übrigens: als Gegenzauber muss alles rückwärts gelesen werden

∞

Hokus pokus Zottelrock,
Schlangenzunge, Lollipop,
Rosenduft und goldnes Ei,
Hirschgeweih und Kugel Blei,
Apfelmus und kalter Schnee,
schwarze Erde, grüner Klee,
Edelstein und langer Zopf:
Alles muss in diesen Topf!
Und nun rühren, eins, zwei, drei
JETZT WÜNSCHE ICH MIR FRIEDEN HERBEI! – Stine, 11

∞

Der Zauberspruch wird gesungen
Aus dem Spanischen übersetzt von der Mama, 40

FiDiBUS 2 VECES SE ROMPE
LA NUEZ DE LA MAGIA
FiDiBUS 3 VECES SE IRA EL TAPATOOOOC!
FiDiBUS AHORA VOLVERAAAAA LA MAGIA
SE HA VUELTO HACIA ATRAAAAS
AHORA TOCA LA LOTTEEE
FiDiBUS 2 VECES SE ROMPE
LA NUEZ DE LA MAGIA
FiDiBUS 3 VECES SE IRA LA LOTTE
FiDiBUS AHORA VOLVERA LA LOTTE
AHORA TOCA UN CONEJOOO HA HA HA
HA HA AHORA NO ESTÁ
AQUI EL CONEJO
PERO VAMOS A HACERLE APARECER
FiDiBUS SE ROMPE 2 VECES
LA NUEZ DE LA MAGIA
NO ESTABA COMO TAPATOC i LOTTE
– Anisnofla, 7 und Sara, 8

FiDiBUS 2 MAL BRICHT
DIE NUSS DER MAGIE
FiDiBUS 3 MAL VERSCHWINDET TAPATOOOC!
FiDiBUS KOOOOMMT ZURÜCK DIE MAGIE
HAT SICH UMGEKEHRT
JETZT KOMMT LOTTEEE DRAN
FiDiBUS 2 MAL BRICHT
DIE NUSS DER MAGIE
FiDiBUS 3 MAL VERSCHWINDET LOTTE
FiDiBUS KOMMT ZURÜCK DIE LOTTE
JETZT KOMMT EIN HAAASE DRAN HA HA HA
HA HA IST ER NICHT MEHR DA
HIER DER HASE
ABER WIR LASSEN IHN WIEDER ERSCHEINEN
FiDiBUS BRICHT 2 MAL
DIE NUSS DER MAGIE
ER KAM NICHT ZURÜCK WIE TAPATOC UND LOTTE
– Anisnofla, 7 und Sara, 8

∞

Kolona Kosisa – Weg das Glas
Holala Halkiso – Blumen werden kleiner
Lexo Näkoholano – Haus werd so klein, dass keiner passt rein
Komana Hogana – Fußball verschwinde, verwandle dich in einen . (Punkt) – Ari, 6

∞

1-2-3 und Mottenmade
Ich krieg jetzt viel Schokolade
Spinnenbein und Dino
Ich geh gratis jetzt ins Kino
Affendreck und Fußballtor
Fliegt das Kino hoch empor – Peter Plappergei, 8

∞

Nudel, Dudel, Krepel, Bepel,
kommt herbei!
Die Drachen kommen jetzt um
die Ecke
und lachen.
Oder andersherum. – Jajo Duselbart, 7

MEIN ZAUBERSPRUCH

POEDU 20. STREICH – AUFGABE VON ADRIAN KASNITZ

„Flunsch: Ein kleiner Flunsch ist aus dem Nest gefallen! Was ist ein Flunsch? Oder ist es eine Flunsch? Kümmerst du dich um sie oder ihn? Schreibe, aber nicht mehr als zehn Zeilen!"

∞

Ich habe einen Flunsch
Ich passe auf ihn auf
Er wiehert die ganze Zeit
IhhhhhIhhhhh
Und wenn er schläft
Macht er kein einziges Geräusch
Auf ihm kann ich reiten
Er heißt Flunsch
Weil er so gern
Mit einem Schwämmchen abspült
Jeden Morgen einen Apfel
Zwei Karotten
Und ein bisschen Heu
Mittags fünf Karotten
Drei Äpfel
Etwas vom Tisch
Und Heu
Und Abends nur Heu
Weil so meine Geschichte ist
Und so geht`s ihm jeden Tag gut
Morgens darf er solange schlafen
Wie er will
Mittags essen wir manchmal ein Eis
Und Abends galoppieren wir ein bisschen
Punkt – Anisnofla, 7

∞

FLUNSCH
Flunder
Flutsch-Eis
PUNSCH
Plunder
Pluto
Was ist ein/e Kind? Das könnten wir uns auch mal fragen. – Raketenpeter, 5

∞

Er ist ein kleines Chaostier,
total verrückt, das sag ich dir.
Rot-weiß-geringelt ist sein Fell,
die blauen Zähne funkeln hell.
Achterbahn mag er am liebsten
und wenn kleine Vögel piepsen.
Er trinkt sehr gerne roten Punsch,
mit Eiswürfeln, das mag der Flunsch. – Catalina, 10

∞

Als ich einst spazieren ging,
begegnete mir ein kleines, kugelrundes Wesen.
Es lief nicht.
Es rollte.
Ich fragte: Wer bist du, wie heißt du?
Doch das Wesen antwortete nicht.
Es kam mit mir nach Hause.
Ich nannte es Flunsch.
Ich brachte ihm Buchstaben und Wörter bei.
Jetzt schreibt es die schönsten Gedichte. – Stine, 11

∞

Ich saß an der Haltestelle.
Mein Flunsch kam mit dem Bus.
Er stieg aus und schaute mich an,
als wäre er mein Kind.
Er fragte, ob er bei mir wohnen kann.
Ich wunderte mich und sagte ja.
Jetzt wohnt er in meiner Geheimschublade.
Denn da sieht man ihn nicht.
Ich wünsche mir, dass er für immer bleibt. – Tede, 9

∞

Ein Flunsch
kann fliegen
hoch in die Luft
fällt manchmal runter
die Welt wird bunter
nachts wächst die Kraft
es schafft
zu fliegen
und sich verbiegen – Karl Egal, 7

∞

Ein Flunsch kam um die Ecke
und glotzte traurig drein
weil er ein schlechtes Comicheft gekauft hatte
schmiss er es in die Ecke
und kaufte sich ein Eis
da war dem Flunsch ganz heiß – Ari, 6

∞

Ein kleiner Flunsch ist aus dem Nest gefallen!
Ich will ihn aufheben,
doch seine Krallen kratzen mich.
Was soll ich machen?
Der kleine Flunsch hat Hunger.
Er braucht so schnell wie möglich
einen Hummer!
Ich ruf die Polizei,
nein, das ist falsch,
der Tierarzt muss herbei.
Die blauen Federn werden gelb.
„Das heißt nichts Gutes", sagt der Tierarzt Dr. Felb.
„Ich geb ihm schnell ne Medizin,
dazu nen Hummer,
das muss gehn."
Nach einer Stunde hat's gewirkt.
Jetzt sind sie wieder blau.
Der Tierarzt sagt: „Ciao, ciao!" – Feli, 10

∞

Heut Morgen geh' ich raus.
Da treff' ich ein liebes, kleines, sehr süßes, wehrloses Wesen.
Es schaut mich so süß an, denn es ist ein liebes Flunsch. Und ich nehme es mit, sonst wird es gefressen.
Es läuft in meinem Schulranzen herum und fiept leise.
Das klingt so süß, dass ich es wieder in meine Hand nehmen möchte. – Maurits, 9

∞

Das Flunsch liegt ganz alleine da,
hat weder Federn, Fell noch Haar.

Ich nehm es vorsichtig in meine Hand
und wickel es in ein Gewand.

Es ist nicht heiß und auch nicht kalt,
kommt es vielleicht aus einem Wald?

Ist es eine Sie? Ist es ein Er?
Es kommt bestimmt von weit weit her.

Das Flunsch, das schaut mich lächelnd an,
was es wohl noch so alles kann? – Tintenfisch, 9

∞

Die Geschichte, wie ein Flunsch geboren wird,
beginnt meistens so, dass eine Schildkröte einen
Delphin trifft und sie zusammen ein Kind bekommen.
Das ist dann ein Unsch. Wenn dieser Unsch mit einer Schildkröte ein Kind bekommt,
ist das ein Flunsch.
Kann der Flunsch schon schwimmen, muss man ihn
nur ins Nest zurücklegen. Kann er es noch nicht,
muss man die Mutter wecken. – Budicha Buda, 6

∞

Ich hebe Flums auf
Und nehm es mit in mein Baumhaus
Flums ist eine Mischung aus Vogel und Hase
Es kann fliegen
Und es hat große Ohren
Was es wohl noch alles kann?
Ich frage es
Es spricht Zeichensprache!
Es kann Krankheiten heilen
Ich schicke es ins Krankenhaus
Ich komme mit
Wir heilen zusammen Leute und Tiere
Für alle Zeiten – Flora Frühlingsfeder, 10

Floras Flunsch heißt Flums, weil er aus dem Nest geplumpst ist und das Flunsch dabei bums gemacht hat.

POEDU 21. STREICH – AUFGABE VON TOM DE TOYS

„Wie sprechen die Sterne? Pflück dir all deine Lieblingssterne vom Himmel und leg sie in eine große Obstschale: Was erzählen sich die Sterne, nun, da sie endlich nicht mehr Lichtjahre von einander entfernt sind, sondern sich ihre geheimsten Gedanken in der Obstschale nebeneinander leuchtend zuflüstern können? Gibt es sehr ernste Sterne, die nur ganz streng und exakt reimen? Gibt es Sterne, die nur ungereimten Quatsch brabbeln, aber das in einem richtig guten Rhythmus wie Musik? Welcher poetische Stil passt zu welchem Stern am besten?"

∞

„Hallo Sternschnuppe!"
„Hallo Stern! Weißt du, was mir passiert ist?
Der Mann im Mond hat mich besucht!"
„Seid ihr jetzt Freunde? Erzähl!"
„Er hat erzählt, dass er den Mond zu kalt findet,
aber der Mond ist nur so kalt, weil er trauert."
„Echt? Wieso, Sternschnuppe?"
„Weil er so wenig angesehen wird von den Menschen in der Stadt.
Die Sonne ist hell und warm und beliebt,
aber der Mond ist kalt und wird verschmutzt von den Lichtern der Stadt.
Deshalb will er nur noch in kleinen Dörfern scheinen."
„Und jetzt, Sternschnuppe?"
„Wir haben einen Plan, um den Mond wieder glücklich zu machen:
Der Mann im Mond schaltet nachts heimlich die Lichter der Stadt aus.
Und der Mond wird allen Menschen hell und warm scheinen." – Flora Frühlingsfeder, 10

∞

Da sitzt der kleine Opastern, oben im Himmel ganz weit fern.
Sein Licht, das reicht hier bis nach unten,
und das aus ganz verschiedenen Gründen.
Sein Kopf, der ist ein kleiner Punkt,
oben im Himmel, von den Haaren bis zum Mund.
Daneben sitzt der Erstklässler Stern,
seine Schultüte ist nicht ganz fern.
Seine Schulhefte, die sammelt er ein,
damit er pünktlich zur Schule sei.
Und beide Sterne sind insgesamt
eine goldene Mischung aus Licht und Sand. – Kleoniki, 11

∞

„Hallo, wer bist du denn?
Ich heiße Flenn.
Nachts leuchte ich hell wie eine Laterne,
Denn für die Erde leuchte ich gerne."
„Und ich heiße Perlewuppen,
Nachts beobachte ich Sternschnuppen."
„Ah, das ist bestimmt ganz toll.
Siehst du manchmal einen Troll?"
„Ja, den seh ich ab und zu,
Und du?"
„Ja, ich auch!
Dann leg ich mich ängstlich auf den Bauch." – Peter Plappergei, 8

∞

FÜNF STERNE

Fünf Sterne stehen am Himmel:
der Nordstern,
der Südstern,
der Weststern
und der Oststern.
Der Hellste ist der Mitternachtsstern.
Er steht in der Mitte
und erzählt Geschichten,
ganz in sich versunken.
Die anderen Sterne
rufen, schreien und brüllen
„Höre auf!"
Doch der Mitternachtsstern erzählt
seine Geschichten,
während in der Stadt die Glocken läuten.
Punkt Mitternacht. – Mira Mausebein, 10

MITTERNACHTSGESCHICHTEN

Unter Brücken,
in kleinen Lücken.
In alten Schlössern,
auf hohen Rössern.
In dunklen Wäldern,
auf weiten Feldern.
Alle Ritter
hinter Gitter!
Als großes Haus,
als kleine Maus,
als roter Teppich,
als weißer Rettich
in Geschichten,
in Gedichten. – Mira Mausebein, 10

Was der Mitternachtsstern erzählt

∞

Was erzählen sich die Sterne in der Obstschale?

Wir wollen wieder in der Weltraumschaukel schaukeln,
Wir wollen wieder in den Puschwolken herumtanzen und uns drehen,
Wir wollen wieder ins Dunkle rein und nicht hier auf dem hellen Küchentisch sein,
Aber so nah ist auch schön,
Nicht so stumm-stein allein sein. – Alva Schneefee, 5

∞

Fünf Sterne sprechen über den Tod,
der eine leuchtet schon ganz rot.
„Ein roter Riese bin ich, in mir wird es kalt,
meine Hülle verfärbt sich, was wird aus mir bald?“
„Ein weißer Zwerg, das werd ich einmal sein,
ein glühender Klumpen, alt und ganz klein.“
„Ich hingegen blitze hell wie ein kosmisches Feuer,
gestatten Pulsar, schnell wie ein Ungeheuer.“
„Wie eine Kugel bin ich, der Neutronenstern, ziehe jeden magnetisch an,
sodass mir niemand entkommen kann.“
„Mein Plan heißt Supernova und dann schwarzes Loch
– am Ende verschlinge ich euch alle noch!“ – Tintenfisch, 9

∞

Saturn, Jupiter, Venus und Uranus
landeten sanft, wie Trickfilmplaneten
in Omas Obstschale.

Sie sprachen leise, sangen und flüsterten
sich ins Ohr.
Die Tür ging auf.
Ein Junge kam herein
und haute auf die Sterne ein.
Sie waren unsichtbar
und der Junge war sauer,
dass kein Obst da war.
Die Planeten waren sehr enttäuscht,
von der Erde, auf der man nur gehauen wird.
Und bereiteten sich auf den Rückflug vor.
Jupiter nahm den Jungen auf und nahm ihn mit.
Es war Fred. Und so entstand das Lied von Fred,
der für immer auf dem Jupiter blieb. – Ari, 6

∞

Wie die Sterne in die Obstschale purzelten

Ein Stern fällt in die Obstschale,
da kommt ein andrer hinterher
und alles ist ein Sternenmeer.
Der eine Stern, der sagt „Nanu“,
der andre sagt: „Wer bist denn du?“
Da fliegt der erste Stern schon weg
und alle schreien ihm hinterher:
Komm, bleib doch länger,
hier bei uns im Sternenmeer.“
Da sagt ein alter Stern:
„Schade, ich hätte gern gewusst,
was dieser eine Stern wohl ist.“
Da sagt ein anderer:
„Ich flieg ihm hinterher“
und schon verlässt auch er
das Sternenmeer.
Dann gehen alle nach und nach,
nur einer bleibt ganz lange,
am Ende wird ihm bange. – Budicha Buda, 6

∞

„Hast du die da unten mal beobachtet?“
„Wen?“
„Die in den Häusern.“
„Neee.“
„Warum nicht? Die fahren in Kästen mit Rädern dran.“
„Ich hab da oben hingeguckt.“
„Wo?“
„Na, da!“
„Was ist denn da besonderes?“
„Na, denk mal drüber nach.“
„Aja, stimmt. Da ist ja die Sonne.“ – Karl Egal, 7

∞

Vier Gefährten

Vier helle, schöne Sterne
funkeln dort oben in der Ferne.
Der erste abenteuerlustig und mutig.
Der zweite schüchtern.
Der dritte ist ein kleiner Schelm.

Der vierte lieb und brav.
Jeden Tag am gleichen Ort.
Es wird ihnen langweilig
und sie kommen herunter,
nacheinander in mein Fenster hinein,
legen sich auf meine Decke und
erleuchten den Raum.
Nun erzählen sie vom Universum.
Der erste sagt:
Der Mond ist zum Entdecken da!
Der zweite meint:
Im Universum kann man gut singen.
Der dritte spricht:
Im All macht es Spaß, Streiche auszuhecken.
Der vierte findet:
Man kann dort gut Hausaufgaben machen.
So geht es die ganze Nacht.
Und im Schein meiner Gefährten schlafe ich ein. – Stine, 11

∞

Sternenhimmel

Verängstigt schaut der kleine Stern
Keiner kennt ihn
Also hat ihn keiner gern
Da sieht er einen andren kleinen Stern
Und redet mit ihm
Also haben sie sich gern
Der große, alte Opa-Stern
Er nippt gemütlich an seinem Wein
Und schaut sich jeden an
So jung, so klein, so fein
Die Kinder-Sterne spielen
Die Eltern-Sterne stöhnen
Denn jetzt haben die Kinder
Die Schale kaputtgemacht!

Also fliegen alle in den Sternenhimmel
Und sagen sich: „Bye, bye!" – Kamila, 12

∞

3 Sterne in einer Obstschale

Stern 1:
Ich bin froh, dass ich am Himmel lebe
und nicht am Sofa festklebe.
Die Leute schauen ja so viel fern,
da bin ich lieber am Himmel
ein Stern.

Stern 2:
Einmal vorm Fernseher sitzen,
mit anderen Kindern herumflitzen,
Äpfel stibitzen –
das wäre schön!

Stern 3:
Am Himmel zu sein ist sehr schön,
aber auf der Erde würde
ich gerne Blumen riechen –
Rosen, Tulpen und
Vergissmeinnicht.
Im Himmel gibt es keine Düfte. – Feli, 10

MEIN STERNENGEFLÜSTER

POEDU 22. STREICH – AUFGABE VON TANJA LANGER

„Ein Blick in den Himmel: Liebe Kinder, wenn ich Gedichte schreibe, sind sie meistens für Musik. Ich singe die Texte dann auch vor mich hin, um zu sehen, ob sie sich singen lassen. Es gibt Wiederholungen dabei und manchmal nur einen Satzfetzen. Vielleicht probiert ihr das auch einmal aus, wenn ihr die folgende Aufgabe löst. Sucht euch jeden Morgen – möglichst um dieselbe Zeit – ein Fenster, von dem aus ihr in den Himmel schaut. Oder denselben Ausschnitt, zwischen zwei Bäumen z.B. Verfolgt, was ihr seht, und versucht es zu beschreiben. Sieben Tage lang. Verwandeln sich die Wolken unter eurem Blick? Ist der Himmel langweilig nur blau? Welche Gedanken ereignen sich dann? Zunächst geht es mir um die genaue Wahrnehmung. Ist der Himmel wirklich blau? Oder auch ein Hauch von weißen Schwaden? Welche Formen haben die Wolken? Und was für ein Blau oder Grau oder ... ist es? Seht ihr ein Tier, ein Gesicht? Ihr könnt freie Verse wählen oder Prosa, aber sie sollte dann etwas rhythmisch sein – ein bisschen wie Musik eben. Ich bin gespannt auf das, was ihr seht. Eure Tanja“

∞

Jonnes Himmel

Der Himmel ist blau,
die Wolken sind weiß.
Ich sehe einen Elefantenfisch,
der hat zwei Rüssel
und eine Flosse.
Jetzt ist er ein Flugdino.
Ich mag es,
wenn die Vögel in den Himmel fliegen.
Ich sehe sie oft.
Es macht mir Spaß
sie zu beobachten. – Jonne, 5

∞

Die Sterne der Nacht

Der Himmel, der ist immer blau, nur manchmal ziehen Wolken vorbei.
In der Nacht, in der Nacht, da sind Sterne, die sind hell,
da ist der Himmel nicht blau, sondern schwarz, sondern schwarz.
Manchmal ist der Mond halb und manchmal ist er gar nicht da,
und so ist die Nacht fast immer sternenklar. – Budicha Buda, 6

∞

Wolke

Der Himmel leuchtet so blau,
Wolken färben sich grau.
Sie schweben, sie singen, sie haben ein Gesicht,
oder nicht? Oder nicht?
In Streifen, sie ziehen,
um zur Sonne zu fliehen.
Kleine Kleckse am Himmel,
was ist das für ein Gewimmel?
Der Wind bläst sie weiter – wie auf einer Leiter.
Dann sind sie weg
und er bleibt leer, der Fleck. – Tintenfisch, 9

∞

Ich sehe ganz viel Dreck
Denn unser Himmel
Ist ein Plastikdach im Hof
Ich sehe eine einzige Wolke durch das Dach
Und ein Blatt
Ein Rohr
Das bis zum Klo läuft
Einen Ziegel
Etwas Wand
Vier Federn
Weiße und rote Farben
Schwarz
Ich höre die Menschen der Stadt – Anisnofla, 7

∞

STERNENHIMMEL

Der Himmel ist dunkel,
wenn die Sterne funkeln
und der Mond glitzert.
Der Himmel umgibt sie
wie eine liebe Mutter.
Und morgens,
wenn alles aufwacht,
lässt er seine Kinder wieder los. – Mira Mausebein, 10

∞

In diesem Himmel ist ein Fahrrad versteckt. Es ist blau. Und ein Gesicht gibt es auch.
Es sieht düster aus, aber es hat keinen Körper.
Ich finde gerne Sachen im Himmel. – Goldener Ritter Prinz, 4

∞

Große weiße weise Wolke
verdeckt das Tageslicht,
große weiße Wolke
mit klugem Gesicht.

Kleine weiße weiche Wolke
spielt mit dem Wind,
kleine weiße weiche Wolke,
der großen weisen Wolke Kind – Regina, 9

∞

NEBELSCHWADEN

Der Nebel ist das Ende des Himmels.
Hauchdünn, ohne Farben.
Der Nebel ist wie eine niedrige Wolke,
gefallen.
Jeden Morgen kommt er,
kündigt den Tag an
und fließt dahin,
wenn der Himmel sich ausbreitet. – Mira Mausebein, 10

MEIN BLICK IN DEN HIMMEL

POEDU 23. STREICH – AUFGABE VON JULIETTA FIX

„Stell dir vor, du bist ein Tier! Stell es dir ganz genau vor, versuche, dich wie dieses Tier zu bewegen, ahme seine Laute nach und überlege dir, was du tun würdest, wenn du genau dieses Tier wärst. Schreibe eine Strophe, konzentriere dich auf das Wichtigste. Hier ein Beispiel:

1. Strophe
Wenn ich ein Vöglein wär und auch zwei Flügel hätt', flög' ich zu dir. Weil's aber nicht kann sein, weil's aber nicht kann sein, bleib ich all hier. Johann Gottfried Herder"

∞

Blätter mag ich ja so gern, ich trage Streifen und auch Punkte,
lebe dort wo es mir gefällt, am besten im Kartoffelfeld. – Tintenfisch, 9

∞

Ich wünscht ich wär ne eierlegende Wollmilchsau,
dann wär ich empathisch, stark und auch schlau! – Tintenfischs Papa, 40

∞

Wenn ich ein Hund wär,
würde ich fressen
und mich viel bewegen
und draußen mit meinem Herrchen spielen.
In der Küche würde ich
auf das Essen warten und
mich draußen im Sand
richtig durchwälzen.
Ich würde für mein Herrchen
Blumen pflücken
und mich richtig freuen. – Marlene, 11

∞

Wenn ich ein kleines Vöglein wär,
dann macht ich's Schnäblein auf,
wenn Mama kommt, wenn Mama kommt,
dann fräß ich alles auf.
Wenn ich dann wieder größer wär,
dann flög ich selbst umher,
ich würde Eier legen, würd sie ausbrüten,
würd den Jungen Futter bringen,
und schauen, wie sie gen Himmel fliegen. – Budicha Buda, 6

∞

Wenn ich mein Tier wär,
würde ich Mäuse essen,
Hasen, Ratten und ich
würde fliegen und
60 cm sein. Mein Tier
baut ein Nest auf großen
Bäumen und manchmal sogar
auf Bergen. Ich könnte höher
als die anderen Vögel fliegen.
Und ich würde Rotholz suchen
im Wald und auf Bäumen sitzen. – Alexey, 8

∞

Wäre ich im Ei,
würde ich schlafen.
Gewärmt von einer Familie,
die ich nicht sehe.
Tag und Nacht
würde ich liegen
und warten,
bis mein Ei zerbricht. – Mira Mausebein, 10

∞

Wenn ich ein Steinbock wäre,
würde ich auf jede einzelne Felslandschaft
der Welt klettern,
die Aussicht genießen,
so nah an den Wolken sein,
dass ich sie doch fast
mit der Nasenspitze berühren könnte.
Und in der Nacht von jenem hohen Berg aus
in die magische Unendlichkeit
des Universums schauen. – Inga, 14

∞

Wenn ich ein Kätzchen wär
Würde ich jeden Tag im Stroh balgen
Ja, so wär es dann
Ich würde jeden Tag mit meinem roten Wollknäuel spielen
Und ich würde jeden Tag auf dem Hof rumstreichen
Ich würde jeden Tag Fleisch essen
Ich würde jeden Tag Milch schlecken
Ja, so wär es dann – Lilia, 7

∞

Ich bin ein kleiner Vogel,
ich singe und fliege
mit meiner Mutter.
Ich gucke raus in die Welt,
unter dem Flügel der Mutter. – Zwilling Marvin, 9
*

Si j'étais un kiwi, je
picoterai n'importe quoi même
les têtes des Humains
et aussi je vais
réussir à tuer un renard
avec d'autres kiwis. – Zwilling Roan, 9

Wenn ich ein Kiwi wäre, ich
pickte auf alles, selbst
auf die Köpfe der Menschen
und es würde mir auch gelingen
einen Fuchs zu töten,
mit anderen Kiwis. – Zwilling Roan, 9

∞

Ich möchte ein Flughörnchen sein,
weil es einfach nur schön ist,
weil man fliegen kann
und ja – sie sehen voll süß aus,
sind fluffig!
Im Flug würde es voll cool sein,
so luftig!
Ich würde um die ganze Welt fliegen,
mit allen meinen Flüghörnchen-Brüdern.
Ich denke mal, ich kriege jetzt
meine zusätzliche Handyzeit? – Minja, 11

∞

Herr Wurm tunnelt durch die Erde.
Popo hoch und rutscht vor,
Popo hoch und vor
– so geht's voran!
Kuschelt sich im Wigwackwühl an Frau Wurm ran
Und zusammen halten sie schön die Babyeier warm.
Wigwackspaghettikuscheln
– so wird's gemacht! – Alva Schneefee, 5

∞

Ich bin der Affe Ari
und fress Bananen
bis ich platze
dann schnapp ich mir
zwei Kokosnüsse
und fliege mit der Kokosbrille
geschwind zu dir nach Haus – Ari, 6

WENN ICH WELCHES TIER WÄRE, TÄTE ICH WAS?

POEDU 24. STREICH – AUFGABE VON DOROTHEE MÖRIKE

„Schreibe ein Gedicht über ein Geräusch, das sich anhört, wie wenn… ja wie eigentlich? Wie genau klingt das Geräusch? Wer macht das Geräusch? Wann ist das Geräusch zu hören? Wo ist das Geräusch zu hören? Ist das ein gruseliges Geräusch? Oder ein lustiges? Verwende für dieses Gedicht jede Menge Dialektwörter – gerne auch erfundene – oder Wörter deiner Muttersprache (wenn die nicht Deutsch ist), damit es beim Lesen so richtig in den Ohren klingelt. Zum Beispiel so:

Es knirpselt und knarpselt
es gruschtelt und pruschtelt
im Mauganescht*.
Was ist das nur,
was da knarpfelt und knurpfelt
raschelt und wurschtelt?
Niemand hat je
den Mauganeschthurgler
geseh'n!
(Aber trotzdem
war jeder Schokoladenkeks angeknabbert!)

**Schwäbischer Begriff für einen Platz, an dem man heimliche Schätze wie Süßigkeiten verstecken kann*“

∞

Herbstwald

Knacken
Knistern
Rascheln
Flüstern
ein leises Rauschen
dumpfes Plumpsen
Blick hinauf
Kastanien glänzen – Tintenfisch, 9

∞

Ein Surren, ein Surren von links
Ein Surren, ein Surren von einer Biene
Ein Surren, leise, aber hörbar
Ein Surren – Lilia, 7

∞

jacksari
rockt und groovt
ich sitz zuhaus auf der toilette
ptfftatppptapakpfpfplrrr
und höre der coolen musik zu
manchmal ist der groove von mir
pftatapptpakpakpool
das ist cool – Ari, 6

∞

Es ist ein Geräusch von einer raschelnden Rassel.
Eine Rassel ist eher lauter, als leise,
wenn man sie kräftig schüttelt.
Eine Rassel nimmt man in die Hand
und schüttelt sie dann, bis ein Ton rauskommt.
Das Geräusch einer Rassel
ist meistens in einem Kinderzimmer
zu hören oder in einem Musikstück.
Das Geräusch ist weder gruselig noch lustig,
nur nach einer Zeit nervt es übertrieben,
und wenn ich sage übertrieben,
dann meine ich ÜBERTRIEBEN!!!
Meine Mutter hat eine Cousine namens Rachel,
sie liebt es über alles, mit Bonbonpapier zu rascheln.
Sie raschelt jeden Tag morgens,
vormittags, mittags, nachmittags, abends,
und sogar mitternachts.
Ihre Eltern sagen ihr immer,
sie soll aufhören, weil es nervt,
dann sagt Rachel traurig, ja.
Aber am Ende geht sie doch noch
in ihr Zimmer und macht die Tür zu.
Und drei Mal dürft ihr raten, was sie macht.
Richtig, rascheln und das stundenlang.
Hätte sie kein Rascheln, wär ihr Leben eine Tragödie
und totlangweilig, und wenn sie nicht gestorben ist,
dann raschelt sie noch heute. – Minja, 12

∞

Das tiefe E, das tiefe E.
Gemacht vom Kontrabass.
So schön und beruhigend,
so tief, so toll und wunderbar.
Der beste Klangteppich, um zu fliegen.
Das tiefe E, so tief und trotzdem schnurrend.
Man kann sich wunderschön das Beste dabei vorstellen:
Die Tiefen sinken ins Unermessliche. – Maurits, 9

∞

Es ruooorrrt
und es blubbert
es rödelt
und es wubbelt,
mal höher, mal tiefer,
mal breiter, mal schiefer,
manchmal mit Kamille,
manchmal nur schnödes Wasser,
man kann sich bei verschlucken
und prusten und spucken,
wenn man Pech hat, wird man nass.
Dann biste Neese.
Dann haste den Salat.
Aber is mir Schnuppe. Ich liebe gurgeln. – Raketenpeter, 5

∞

Seltsame Geräusche

Ein Knistern, ein Knirpsen,
ein Ruscheln, ein Rascheln,
ein Fauchen, ein Krächzen,
ein hämisches Lachen,
ein Knarzen von Dielen,
Getippel, Getappel.

Bei all diesen Tönen,
Geräuschen und Klängen,
erschreck ich mich sehr.
Ein lauter Knall,
ein hohes Klingen,
jetzt ist es still,
man hört nichts mehr. – Stine, 11

∞

Tropf, tropf, tropf
Im Takt der Musik
Fallen Regentropfen
Tropf, tropf, tropf
Im Takt der Musik
Tropf, tropf, tropf
Im Takt der Musik
Laufen Rinnsale
Tropf, tropf, tropf
Im Takt der Musik
Tropf, tropf, tropf
Im Takt der Musik
Auf meinen Schirm
Tropf, tropf, tropf
Im Takt der Musik
Tropf, tropf, tropf
Im Takt der Musik
Füllen sich Pfützen
Tropf, tropf, tropf
Im Takt der Musik
Tropf, tropf, tropf
Im Takt der Musik
Wird es Herbst
Tropf, tropf, tropf
Im Takt der Musik
Tropf, tropf, tropf
Im Takt der Musik
Das ist mein Lied
Tropf, tropf, tropf
Im Takt der Musik – Regina, 9

∞

Ein Zischen.
Ein Brausen.
Ein Kracksen.
Ein Knacken.
Ein nasser Scheitel.
Ein Knall.
Der Wind pfeift
durchs Feuer
und bläst es aus.
Das Feuer singt noch
in den letzten Flammen. – Wanda, der riesige Riesensalamander, 8

∞

WELLENGANG

Ein Rauschen,
ein Tosen,
ein Brausen.
Ein Klirren,
ein Schreien,
ein Rufen.
Verzweifeltes Weinen,
freudloses Lachen.
Ein heftiges Schlagen der Wellen an Klippen. – Mira Mausebein, 10

∞

Ins Schwäbische übersetzt von der Mama, 40

Goldgelddose

Ping Ping
Raschel Raschel
Was kann das bloß sein?
Aus der Goldgelddose kommt es herbei
Raschel Raschel
Bing Bing
Mach ich die Dose auf
Alles Geld ist futsch
Nur ein Euro bleibt – Anisnofla, 7

Goldgeldbix

Ping Ping
Gruschtl Gruschtl
Was ko des au sei?
Aus dr Goldgeldbix kommts her
Gruschtl Gruschtl
Bing Bing
Mach i uff dui Bix
Elles Geld isch futsch
Nur oin Eiro bleibt – Anisnofla, 7

∞

Ich sitze zuhause
mit schlechter Laune.
Dann bin ich sauer,
dann sagst du Aua,
weil ich mich auspower.
Darum mach ich:
UUÄÄÄÄÄÄÄÄÄÄÄ.
Dann tun dir die Ohren weh,
und dann weinst du einen See.
Und dann machst du:
WÄU WÄU WÄU.
Das Geräusch macht meine Mama,
wenn sie sich draufschlägt mit dem Hammer.
Dann ist viel Gejammer.
Und dann möchte ich toben,
aber das wird verschoben. – Sinombre, 8

∞

Ist das nicht vielleicht das Geräusch
eines Mörders?
Oder ein Monster, das den Kopf
einmal ganz um seinen Körper drehen kann?
Kommt da nicht der Staubsauger
um die Ecke oder der Rasenmäher,
macht wwwruuuuuummm in meinem Kopf! – Zwilling Roan, 9
*
Grrrrrrrrrr
Ist das ein Gespenst?
Ist das ein Monster?
Es macht gggrrrrrrrrrr!
Vielleicht knurrt da mein Hund?
Aber ich habe ja gar keinen Hund!
Knurrt mein Magen? Grrrrrrrr?
Habe ich Hunger?
Ja! – Und wie! – Zwilling Marvin, 9

MEIN GERÄUSCH

POEDU 25. STREICH – AUFGABE VON UWE-MICHAEL GUTZSCHHAHN

„Geschichten in Einreimgedichten: Ich habe schon als Kind gern Gedichte gemacht, die sich reimen. Hast du auch Lust? Zurzeit beschäftige ich mich mit sogenannten EINREIMGEDICHTEN. Das sind Gedichte, die am Zeilenende immer auf den gleichen Laut reimen. Hier ist ein Beispielgedicht von mir:

Bergziegen

Wenn die Bergziegen
um die Felsen biegen,
wo sich grüne Halme wiegen,
sind sie steil hinaufgestiegen,
um die Gipfel zu besiegen.
Wollen sich an Steine schmiegen
und etwas zu fressen kriegen.
Sehn am Himmel Adler fliegen.

So was geht mit vielen Wörtern, zum Beispiel mit dem Wort *Hahn* oder auch mit dem Wort *weg*. Das Tolle bei den Einreimgedichten ist, dass sie am Ende eine richtige Geschichte erzählen. Probier's mal."

∞

Ich bin Maxi der Hund.
Fress Fleischbällchen, kugelrund.
Auch Spinat, der ist gesund.
Ess am Tag gute 10 Pfund.
Und schlaf zur achten Stund.
Na und? – Stine, 11

∞

Der Tiger ging durch die Stadt
und machte alle Autos platt,
dann fraß er sich am Fahrer satt,
am Abend war er dann sehr matt,
Cut. – Duana, 11 und bro, 9

∞

Ich bin Tede
und mach nicht viel Gerede.
Musik mag ich fast jede. – Tede, 9

∞

Ich habe eine Kuh
Die macht muhmuh
Immerzu
Ich sage du
Drückt dir vielleicht der Schuh?
Das war mein Einreimpoedu – Jonne, 5

∞

Hallo, ich bin eine Fledermaus,
ich wohne in dem dritten Haus.
Da wohnt auch eine Maus,
aber die zieht bald wieder aus.
Dann ziehe ich mit aus
und wohne nun im vierten Haus.
Da wohnt wieder diese Maus.
Die Maus findet eine Laus
und eine andere Fledermaus
ruft laut Applaus! – Budicha Buda, 6

∞

Ein Einreim, klein

Ein Stein war mal allein
und konnt nicht schwimmen übern Rhein,
dorthin, wo seine Freunde sein.
Also probierte er's beim Main.
Dort gab es eine Brücke: Fein,
dachte er und lief hinüber, um dort zu sein. – Maurits, 9

∞

Murmeltiere

Wie sie so in der Sonne lagen
sich nicht zu weit weg von ihrem Bau wagen
an harten Steinen nagen
keine anderen Tiere jagen
nur mit Gras im Magen
wie sie so in der Sonne lagen – Amélie, 10

∞

DIE KATZ

Linda hatte eine Katz,
mit dem Namen Matz,
es war ihr größter Schatz.
Matz klaute Linda immer ihren Platz, der böse Matz.
Da kam ein Spatz zu Matz und sagte:
„Du bist eine schöne Katz, du lieber Matz".
Da war Matz die glücklichste Katz. – Marlene, 11

∞

Es gab einmal ein Feld mit Mais,
daneben wuchs ein wenig Reis.
Es war zu heiß.
Drum brauchte es besonderen Fleiß,
und Dung aus Scheiß,
zum Ernten von Reis und Mais. – Tintenfisch, 9

∞

Ich habe flinke Beine
und stolper über keine
fiesen kleinen Steine!
Drum hab ich viele reine,
gebügelte und feine
Hosen, nicht nur eine!
Ich habe einen Ball,
der macht manchmal Knall,
dann gibt es einen Schall
und ich fall.

Ich mach heute tolle Sachen,
lasse steigen meinen Drachen,
der hat einen großen Rachen,
mit einem breiten fetten Lachen,
die Schnur, die darf nicht krachen!
Das würd' mir Sorgen machen.
Mein lieber großer Drachen,
mag nicht nur Wind, am liebsten flachen,
sondern auch Feuer entfachen!

Ich habe eine Uhr,
die liegt in der Truhe,
da sind auch meine Schuhe,
genießen dort die Ruhe – Peter Plappergei, 8

MEIN EINREIM

DIE POEDU-KINDER

Alexey war erst 7 und ist jetzt 8 Jahre, liebt Legospielen.

Alina ist 10 Jahre, lebt im Schwabenland, ist sportlich und probiert gern alles aus. Manchmal schreibt sie lustige Gedichte und vor allem singt sie total gern. Sie ist Schülerin von Eltje Betz.

Alma Shlarofski ist 7 Jahre. Also eigentlich heißt sie gar nicht so. Aber jetzt ja. Ihre Katze heißt Figaro. Ihre Lieblingsfarbe ist rot. Sie mag Filme, Malen, Kuscheln mit ihrer Katze, Kartenspielen, Lesen, Basteln.

Alva als Alva Schneefee ist 5 Jahre und wohnt in Dublin. Sie liebt Musik, Geschichten, Blumen, Schnee, Tanzen, Basteln, Kuscheln, lila, pink und Schokoladeneis.

Amélie ist 10 Jahre, wohnt in der Nähe von Malaga.

Amelie ist nicht dieselbe wie die voranstehende und ist deshalb 11 Jahre. Sie mag nicht nur Schreiben, sie liebt Schreiben. Manchmal hat sie das Gefühl, dass alle Kreativität aus ihrem Kopf fließt, wenn sie schreibt. Sie hat mit ihren POEDU-Gedichten beim *Treffen junger Autor*innen 2020* der *Berliner Festspiele* einen Preis gewonnen. Sie lebt in Ahrensburg und hat eine 17-jährige Schwester.

Anton als AnSaKi ist 9 Jahre. Lebt in Oranienburg. Seine Schwester ist Leona und steht weiter unten. Beide mögen: Malen, Lesen, Schreiben, Spielen, Zeichnen, Basteln, Nähen, Freunde treffen, Filzen, Toben, Musik hören, Filme ansehen, Süßes, Kuscheln und noch ganz viel mehr.

Ari ist 6 Jahre. Er dreht am liebsten Filme, seine Lieblingsanschlüsse sind USB und Klinkenstecker. Sein anderes Hobby ist etwas bauen mit Lego.

Catalina ist 10 Jahre, lebt in Berlin. Liebt Tiere, Achterbahnen und Avocados. Quasselt den ganzen Tag und beobachtet sehr gerne Feuerkäfer. Sie ist Schülerin von Tanja Pinkert.

Clara als Clarumsti aus dem Norden, ist 13 Jahre und aus dem Norden.

Emil ist 11 Jahre, lebt in Greifswald, mag Breakdance, Basketball und Comics, spricht genauso gern Isländisch wie Deutsch. Sein Bruder heißt Oskar und steht weiter unten.

Erik ist 10 Jahre, lebt in Barcelona.

Feli ist 10 Jahre, hat meistens supergute Laune. Dann macht sie Handstand und hüpft Seil (das kann sie besonders gut), tanzt, spielt Klavier und turnt und wenn sie groß ist, wäre sie gern Architektin. Besonders glücklich machen sie übrigens Pfannkuchen, ihre Lieblingsfarbe Blau und das Meer! Sie ist Schülerin von Eltje Betz.

Greta als Anisnofla ist 7 Jahre und lebt in Barcelona. Wenn sie groß ist, würde sie gerne Tänzerin werden. Sie mag gerne Schreiben. Ihr Gedicht zu Dinçer Güçyeters Aufgabe im Rahmen des Bundeswettbewerbs *lyrix* war Gewinnertext der kleinen internen Wahl der unter 10-Jährigen. Ihre Mama ist außerdem Kathrin Schadt, die diesen Hokuspokus hier zunächst für Greta erfunden hat.

Gwang ist 11 Jahre, wohnt in Bayern. Eigentlich kommt sie aus Asien. Sie mag gerne Tanzen, Malen und Musik. Sie hat mit ihren POEDU-Gedichten beim *Treffen junger Autor*innen 2020* der *Berliner Festspiele* einen Preis gewonnen.

Inga ist 14 Jahre und liebt es, Klavier zu spielen. Ihre anderen Hobbys sind Tanzen, Meditieren, Kochen und Schreiben. Gedichteschreiben macht ihr am meisten Spaß oder einfach einen Text über irgendeinen Moment, ein Bild oder ein Gefühl. Sie lebt mit ihrer Schwester, ihrer Mutter und ihrem Hamster Georgie.

Jakob als Goldener Ritter Prinz ist 4 Jahre und lebt in Dublin. Er spielt gerne mit Lego, mag Schokolade und erschafft neue Welten im Sandkasten. Er kuschelt am liebsten mit snuggle bug, seinem Faultier. Joshua, der Funkenreiter, ist sein Bruder und steht weiter unten.

Jakob als Karl Egal war erst 6 und ist jetzt 7 Jahre. Er spielt gerne Fußball und Zombieball, mag Bouldern und Aikido und würde gerne am liebsten den ganzen Tag Hörspiele hören. Sein liebstes Hörspiel ist gerade TKKG. Er schreibt hier als Karl Egal (wenn er Streit hat, sagt er oft „mir doch egal“).

Jakob als Jajo Duselbart ist 7 Jahre. Er kommt aus Deutschland und Frankreich. Er mag Tiere und ist vergesslich. Und er liebt Lesen.

Jakob ist 9 Jahre, liest total gern dicke Bücher und schreibt Geschichten fast immer in Kapiteln. Er ist Schüler von Eltje Betz.

Jil ist 10 Jahre, lebt in Pliezhausen, mag am liebsten Eis, Sport und Tanzen. Ist immer in Aktion. Sie ist Schülerin von Eltje Betz.

Johanna war erst 12 und ist jetzt 13 Jahre. Ihre Hobbys sind Zeichnen, Lesen, Schreiben und normalerweise Bouldern. Rike ist ihre Schwester und steht weiter unten. Außerdem hat sie noch einen großen Bruder.

Jonne ist 5 Jahre, geht in den Waldkindergarten, kann ganz schnell pesen und schon fast ganz alleine Béchamelsauce kochen. Er will Zimmerer, Fußballer und Bassist einer Rockband werden. Jonne ist der kleine Bruder von Stine und Tede, die weiter unten stehen, und findet das allermeistens schön.

Josefine als Karline Schlumperbein ist 7 Jahre und wohnt in Berlin, Prenzlauer Berg. Ihre Schildkröte heißt Rasmus und ist schon viel älter, wie alt genau, wissen sie nicht. Aber sie vermuten: Mindestens 20 Jahre! Fine mag Malen, Schatzsuche und Klavierspielen.

Joshua als Funkenreiter war erst 7 und ist jetzt 8 Jahre, lebt in Dublin. Er mag keinen Stress, dafür aber Schach, Lego und Sudoku, aber keine Ameisen. Jakob als Goldener Ritter Prinz ist sein Bruder und steht weiter oben.

Jumana ist 10 Jahre, spielt gern Gitarre und tanzt Ballett und isst am liebsten Pilzsuppe!
Sie ist Schülerin von Eltje Betz.

Kamila war erst 11 und ist jetzt 12 Jahre. Ihre Mutter hat POEDU auf Facebook entdeckt und es hat Kamila sehr Spaß gemacht, Gedichte zu schreiben. Sie liebt es zu Malen, zu Schwimmen und zu Lesen. Danke für die Gedichtideen!

Kleoniki ist 11 Jahre, lebt in Berlin. Sie ist Schülerin von Tanja Pinkert.

Lea ist 10 Jahre und lebt in Pliezhausen. Sie spielt gern Klavier, schreibt Geschichten und Gedichte und mag Tiere. Sie ist Schülerin von Eltje Betz.

Leandro als bro ist 9 Jahre. Er liebt es zu angeln, in wilde PC-Welten abzutauchen und mit dem Rad zu biken über Stock und Stein. Mira als Duana ist seine Schwester und steht weiter unten.

Leo als Peter Plappergei war erst 7 und ist jetzt 8 Jahre. Er macht gern Mathe und mag Fußball (wie man in den Gedichten gemerkt hat) und liebt es, Sachen auseinander und wieder zusammen zu bauen. Mieka als Flora Frühlingsfeder ist seine Schwester und steht weiter unten.

Leo ist 10 Jahre und lebt im Schwabenland, mag Skifahren und Pizza und ist gern unterwegs.
Er ist Schüler von Eltje Betz.

Leona als Sayani ist 13 Jahre und lebt in Oranienburg. Ihr Bruder ist Anton und steht weiter oben. Beide mögen: Malen, Lesen, Schreiben, Spielen, Zeichnen, Basteln, Nähen, Freunde treffen, Filzen, Toben, Musik hören, Filme ansehen, Süßes, Kuscheln und noch ganz viel mehr.

Lilia ist 7 Jahre. Ihre Hobbys sind Tanzen, Fotografieren und Gedichte schreiben. Ihre Lieblingsfarben sind lila, pink und glitzer. Sie wohnt mit ihren beiden Schwestern im Münsterland. Regina ist ihre Schwester und steht weiter unten.

Marlene ist 11 Jahre und lebt in Schwerin. Sie mag gern Basketball und Bratsche spielen und mit Freunden zusammen sein. Sie mag nicht Grünkohl, Mathe und den Geruch von Bussen.

Mathilda als Rübezahl Cocktail ist 7 Jahre und aus Berlin. Sie spielt gern allein oder mit ihrem Hund Tui.

Maurits ist 9 Jahre und geboren in Neu-Ulm, lebt nun in Hagen, mag Hasen, sein Keyboard und Bücher. Auch interessiert er sich für fantasievolle elektrische Erfindungen; er macht diese selbst.

Max ist 10 Jahre, wohnt im Schwabenland, mag angebratene *Mauldäschla* und *Bubaspitzla* (für Nichtschwaben: Maultaschen und Schupfnudeln). Er mag Tiere und kann Ungerechtigkeiten nicht leiden. Er ist Schüler von Eltje Betz.

Michael als Minja war erst 11 und ist jetzt 12 Jahre. Mag gruselige Animes und *Rupperts Tagebücher.* Wünscht sich einen richtigen Mops.

Mieka als Flora Frühlingsfeder war erst 9 und ist jetzt 10 Jahre. Die Erfinderin des POEDU, Kathrin Schadt, war mal ihre Babysitterin, als sie erst ein paar Monate alt war. Sie, also Mieka, mag Musik und Sport (z.B. Seilspringen). Leo als Peter Plappergei ist ihr Bruder und steht weiter oben.

Mira als Duana ist 11 Jahre. Ihr Hund Luna liebt es, imaginäre Fliegen zu jagen. Sie mag Lady Gaga. Sie schreibt euch aus dem Zittauer Gebirge. Sie hat mit ihren POEDU-Gedichten beim *Treffen junger Autor*innen 2020* der *Berliner Festspiele* einen Preis gewonnen. Leandro als bro ist ihr Bruder und steht weiter oben.

Mira als Mira Mausebein ist 10 Jahre. Ihre Hobbys sind Schreiben, Lesen, Reiten, Malen, draußen sein. Sie lebt mit ihren Eltern und ihren Geschwistern in einem großen 100 Jahre alten Haus. Sie haben Katzen, Kaninchen und viele Bienen. Mira hat den Berlin-Brandenburgischen Preis für junge Literatur *Theo* 2020 gewonnen. Wanda als riesiger Riesensalamander ist ihre Schwester und steht weiter unten.

Oskar ist 8 Jahre, lebt in Greifswald, isst am liebsten jeden Tag einen Apfel und baut große Häuser in Minecraft. Emil ist sein Bruder und steht weiter oben.

Piet Panther heißt in Wirklichkeit ganz ähnlich, ist 7 Jahre und seit 2020 in der 1. Klasse.

Regina ist 9 Jahre. Ihre Hobbys sind Lesen, Klavier spielen, Klettern und Dichten. Sie ist am liebsten draußen und mag Regen und Schnee. Sie wohnt mit ihren beiden Schwestern im Münsterland. Lilia ist ihre Schwester und steht weiter oben.

Rike ist 8 Jahre, aus Paderborn. Johanna ist ihre Schwester und steht weiter oben.

Roan und Marvin sind beide 9 Jahre und Zwillinge. Sie leben in der Pariser Banlieue in Frankreich. Roan mag einfach alles und nichts. Marvin liebt Handball, Tiere und Menschen.

Sonja als Budicha Buda war erst 5 und ist jetzt 6 Jahre. Kann noch nicht schreiben, hat aber schon früher kurze Geschichten diktiert. Sie mag alle Pflanzen und alle Tiere, besonders Säugetiere. Sie spielt gern *DSA* und *Talisman*, möchte aber dauernd vorgelesen bekommen, z.B. *Das Mädchen, das im Buchladen gefunden wurde.*

Stine ist 11 Jahre und lebt mit ihren zwei kleinen Brüdern und ihren Eltern in einem Strohballenhaus im grünen Mecklenburg. Sie freut sich sehr, dass sie das POEDU entdeckt hat und hier so viele schöne Sachen gelesen hat. Tede ist ihr Bruder und steht direkt drunter und Jonne ist der andere Bruder und steht weiter oben.

Tede ist 9 Jahre. Er mag gern Tiger, klettert gern auf Bäume und mag Fußball. Musik ist ihm wichtig, vor allem Rock. Stine ist seine Schwester und steht direkt drüber und Jonne ist sein Bruder und steht weiter oben.

Vera ist 6 Jahre, lebt in Barcelona.

Vito Junis als Raketenpeter ist 5 Jahre, Stier mit echt hartem Stierkopf. Was er gern tut: Schnibbeln wie ein Weltmeister. Klettern. Singen. Jeden Tag überprüfen, ob Bizeps und Trizeps mehr geworden sind. Gedichte (sich vorlesen lassen oder selbst dichten). Eis essen: Mango-Erdbeer. Mama knutschen, die er lieb hat „wie zwei Bratkartoffeln". Diese Mama, Juliane Ziese, hat übrigens das POEDU-Kartenspiel erfunden, das in der Edition Lyrigma erscheint.

Wanda als Wanda, der riesige Riesensalamander ist 8 Jahre und liebt Pflanzen und Tiere, vor allem den Riesensalamander, den Axolotl, die Blattschneideameise, die Katze und noch viele, viele, viele mehr. Und Rhododendren! Mira Mausebein ist ihre Schwester und steht weiter oben.

Yeva als Isabell Coffeecup ist 11 Jahre, lebt in Berlin. Kleine Schwester, 2 Hamster, 1 Katze. Liebt Tanzen (Hip-Hop), Malen, Schreiben. Sie ist Schülerin von Tanja Pinkert. Kathrin Schadt ist ihr größter Fan.

Yolanda als Tintenfisch war erst 8 und ist jetzt 9 Jahre. Sie liebt Tiere, Malen und Schreiben. Aus ihrem Füller spritzt immer Tinte, wenn sie schreiben will und natürlich auch, wenn ihrem

Füller langweilig ist. Außerdem spielt sie Gitarre und träumt gern vor sich hin.

Xavier als Sinombre ist 8 Jahre. Er wollte seine Werke erst einmal anonym (spanisch sin nombre = ohne Namen) veröffentlichen. Er möchte später entweder Koch, Forscher oder Schriftsteller (so wie Michael Ende, POEDU oder der Autor von *Gregs Tagebuch*) werden. Oder doch lieber Videospieltester? Er ist ein Freund von Greta, die weiter oben steht.

POEDU-HERAUSGEBERIN, ILLUSTRATOR, KARTENSPIEL-ERFINDERIN

Kathrin Schadt, *1979, Autorin. Mehrere Publikationen. Veröffentlichte auch als Journalistin, u.a. in *DIE ZEIT*. Gastgeberin auf internationalen Poesiefestivals. POEDU-Anstifterin. Preise u. Stipendien, zuletzt: *Franz-Edelmaier-Residenz Literatur & Menschenrechte* (2021). Nominiert für verschiedene Journalistenpreise. 2021 erscheinen ein weiteres Kinderbuch sowie ein Sachbuch.

Petrus Akkordeon, *1971 in Berlin, studierte bei *F. W. Bernstein*. Arbeiterkind, arbeitet immer noch und ansonsten macht er viele Bücher. Er hat die wunderbaren Illustrationen im Buch gezaubert.

Juliane Ziese, *1980, freie Autorin und Übersetzerin, hat 2018 Edition Lyrigma (www.edition-lyrigma.de) gegründet und die Gedichte-Manufaktur Lyrigma® entwickelt und produziert sowie das POEDU-Kartenspiel; gibt Lyrik-Workshops für Kinder und Erwachsene; 2019 mit der Gedichte-Manufaktur auf dem Lyrikmarkt des Poesiefestivals Berlin; lebt und arbeitet in Berlin.

DIE POEDU-DICHTER*INNEN

Andrea Karimé, *in Kassel und mit dem Klang vieler Sprachen im Ohr aufgewachsen. Heute ist sie freie Schriftstellerin und Geschichtenerzählerin in Köln. Für ihr Werk erhielt sie viele Auszeichnungen, zuletzt den *Kinderbuchpreis des Landes NRW*. www.andreakarime.de

Uljana Wolf, *in Berlin, stolperte mit 10 über das Wort *Sternschnuppe* und übersetzt es seitdem in noch mehr Stolpern, zum Beispiel Gedichte, Übersetzungen, Werkstätten und zuletzt den Essayband *Etymologischer Gossip* bei kookbooks, 2020.

Karla Reimert Montasser, Dichterin bei kookbooks, Literaturwissenschaftlerin und Lektorin. Mitgründerin und Vorstand vom *Netzwerk Lyrik e.V.* und *Kook e.V.* Seit 2018 zuständig für den Bereich Poetische Bildung am *Haus für Poesie*, was gut ist, denn sie macht nichts lieber, als junge Dichter*innen auf ihrem Weg zu begleiten. Nachts träumt sie von einem für alle offenen poetry room in Berlin.

Lütfiye Güzel, *1972 in Duisburg und zwischen Ruhrgebiet und Berlin unterwegs, ist Dichterin und bringt seit 2014 Gedichte und Kurzprosa unter ihrem eigenen Label go-güzel-publishing heraus. Sie leitet Poetry-Workshops. 2017 wurde sie mit dem *Literaturpreis Ruhr* ausgezeichnet.

Safiye Can, lebt als Lyrikerin und Dichterin der konkreten und visuellen Poesie in Offenbach. Preisträgerin u.a. des *Else-Lasker-Schüler-Lyrikpreises.* Leitet deutschlandweit sowie im Ausland Schreibwerkstätten unter dem Titel *Dichter-Club.* Ihre Lyrikbände wurden zu Bestsellern.
Zuletzt erschienen: *Rose und Nachtigall*, Liebesgedichte, Wallstein Verlag, 2020. wwwsafiyecan.de

Julia Dathe, *1980, lebt mit ihrer Familie in Leipzig, arbeitet dort. Zuletzt erschien von ihr *1* im ELIF VERLAG, 2017.

Timo Brandt, *1992, Lyriker und Rezensent, zuletzt erschien der Gedichtband *Das Gegenteil von Showdown* im Limbus Verlag.

Schirin Nowrousian, *1975, Autorin, Lyrikerin, Übersetzerin, Performerin, Moderatorin, Lehrende und Forscherin. Lebt bei Bremen. Zuletzt erschienen: *Gläserne Fehde,* Sujet Verlag, 2019; *Auf dass die Salamander singen*, Verlag Schiler & Mücke, 2020 (Übersetzung eines Bandes v. Aurélia Lassaque aus dem Okzitanischen & Franz.). Momentan heckt sie ihr erstes Kinderbuch aus, genauer noch: ein Buch für Klein und Groß.

Tobias Elsässer, *1973 in Stuttgart. Autor, Musiker und Songwriter. Zunächst als Sänger tätig, veröffentlichte er 2004 seinen Debütroman *Die Boygroup.* Heute schreibt und komponiert er und leitet Schreibwerkstätten. Seine Kinder- und Jugendromane wurden vielfach ausgezeichnet.
Für *Play,* Hanser, 2020, erhielt er ein Stipendium des *Deutschen Literaturfonds.* Er stellte dem POEDU ebenfalls eine Aufgabe, die Ergebnisse sind auf der POEDU-Facebookseite zu lesen, und nicht hier im Buch, da es sich um Prosa handelte.

Michael Augustin lebt als Schriftsteller und Bildkünstler in Bremen. Im Herbst 2021 erscheint bei S. Fischer sein erstes Kinderbuch, illustriert von Sabine Kranz.

Dana von Suffrin, *1985 in München. Ihr Romandebüt *Otto* wurde u.a. mit dem *Debütpreis des Buddenbrookhauses*, dem *Ernst-Hoferichter-Preis* und dem *Klaus-Michael Kühne-Preis* ausgezeichnet. Sie lebt in München.

Dinçer Güçyeter, *1979 in Nettetal. 2012 gründete er den ELIF VERLAG mit dem Programmschwerpunkt Lyrik. Sein letzte Sammlung *Aus Glut geschnitzt* ist 2017 erschienen. Lebt, arbeitet, lernt immer noch in Nettetal.

Katharina J. Ferner lebt als Poetin und Performerin in Salzburg. Sie bewegt sich gerne in verschiedenen Genres und reist viel. Jüngste Veröffentlichung: *Der Anbeginn*, Limbus, 2020.

Michael Stavarič, *1972 in Brno, lebt als freier Schriftsteller, Übersetzer und Dozent in Wien. Zahlreiche Auszeichnungen, u.a.: *LeseLenz Preis für junge Literatur, Adelbert-von-Chamisso-Preis, Österreichischer Staatspreis für Kinder- und Jugendliteratur* u.v.m. Lehraufträge u.a.: *Stefan Zweig Poetikdozentur* an der Universität Salzburg, Literaturseminare an den Universitäten Wien, München, Rutgers New York u.a.

Yevgeniy Breyger studierte an der Uni Hildesheim, am Deutschen Literaturinstitut Leipzig und an der Städelschule in Frankfurt am Main. 2016 erschien *flüchtige monde* bei kookbooks. *Leonce-und-Lena-Preis* 2019. 2020 erschien bei kookbooks *gestohlene luft.*

Johanna Hansen, Autorin, Malerin www.johannahansen.de. Und Herausgeberin der Literaturzeitschrift *www.wortschau.com.*

Patrick Wilden, *1973 in Paderborn, lebt in Dresden und Leipzig. Lyriker, Redakteur und Rezensent. Zuletzt erschien von ihm sein Debüt-Gedichtband *Alte Karten von Flandern*, Jena, 2019.

Elsye Suquilanda, *1979 Quito (Ecuador). MenschTier-Dichterin, Noise Generator, Performance-Künstlerin. Autorin von 10 Gedichtbänden und einer Erzählung für Kinder. Mitbegründerin der hundesophischen Bewegung *Chichoismo*, ihr Meister ist ein andalusischer Hund namens Chicho. Vermächtnis des Lebens durch Poesie und Kunst, um Liebe und Respekt für Tiere zu lehren.

Esther Andradi ist argentinische Schriftstellerin, lebt in Berlin und Buenos Aires. Sie hat literarische Reportagen, Kurzgeschichten, Mikrofiktion, Essays, Poesie und Romane veröffentlicht. Ihre Werke wurden in mehrere Sprachen übersetzt, unlängst ins Isländische.

Ulrike Almut Sandig, *in Großenhain (Sachsen), lebt mit ihrer Familie in Berlin. Sie schreibt Gedichte und Geschichten, außerdem macht sie Musik und dreht Youtubeclips. Ihre Tochter Mathilda kommt nicht nur in einem Video ihrer Poetryband *Landschaft* vor, sondern auch in diesem Buch. Beide lieben alte Sagen, neuen Hip-Hop und ihren Pudel Tui.

Adrian Kasnitz, *an der Ostsee, aufgewachsen in den westfälischen Bergen, lebt in Köln. Zuletzt erschienen von ihm die Gedichtbände *Kalendarium #1 bis #6*, parasitenpresse, 2015-2020 und *Glückliche Niederlagen*, Sprungturm 2016 sowie der Roman *Bessermann*, Launenweber, 2017.

Tanja Langer, *1962 in Wiesbaden, Schriftstellerin, schreibt Gedichte für Musik. Lebt seit 1986 in Berlin und veröffentlich seit 1999 Erzählungen und Romane, u.a. *Der Tag ist hell, ich schreibe dir, Der Maler Munch.* Zuletzt *Meine kleine Großmutter & Mr. Thursday* oder *Die Erfindung der Erinnerung*, mdv, 2019. 2016 gründete sie den Bübül Verlag Berlin.

Tom de Toys, *1968 in Jülich, Livelyrik-Performer, Betreiber des *G&GN-Instituts* (www.g-gn.de) und *POESIESALON.de*, Vertreter der Neuropoesie und Quantenlyrik, arbeitet als Seniorenbetreuer, lebt in Düsseldorf.

Dorothee Mörike, nicht verwandt mit dem schwäbischen Dichter. Lebt und arbeitet als Lehrerin auf der Schwäbischen Alb. Immer auf der Suche nach dem treffenden Wort.

Julietta Fix, *1957 in Würzburg. Lebt in Hamburg. Herausgeberin von *Fixpoetry.com*

Uwe-Michael Gutzschhahn, *1952, in Dortmund aufgewachsen, lebt heute in München. Er ist Dichter, Übersetzer, schreibt Lyrik und Prosa für Kinder und für Erwachsene. In seinem neuesten Buch *Mäusekino*, ELIF VERLAG, 2020, hat er Gedichte versammelt, die er selbst als Kind geschrieben hat, und solche, die in Workshops mit anderen Kindern entstanden sind. Außerdem gibt es Beispiele, wie man weiterdichten kann.

Monika Rinck lebt und arbeitet in Berlin und Wien. Zuletzt erschienen: *CHAMAPAGNER FÜR DIE PFERDE*, ein Lesebuch, im Fischer Verlag.

DIE POEDU-FREUND*INNEN UND DANK AN

Literaturhaus Stuttgart, für die Zusammenarbeit und die POEDU-Lesetour.

Literaturhaus Köln, für die Zusammenarbeit und die POEDU-Lesetour.

Literaturhaus Bremen, für die Zusammenarbeit und die POEDU-Lesetour, besonderen Dank an die wunderbare Heike Müller.

Das *Haus für Poesie*, für die Zusammenarbeit und die POEDU-Lesetour, besonderen Dank an Karla Reimert Montasser.

Literaturhaus Berlin

Forum/Poesiesalon des *Offlyrikfestivals*, Düsseldorf

Friedrich-Bödecker-Kreis Baden-Württemberg e.V., für die Unterstützung bei der POEDU-Lesetour in Stuttgart.

Bundeswettbewerb *lyrix*, für die Zusammenarbeit und die Veröffentlichung der POEDU-Gedichte, besonderen Dank an Anabel Runge.

Prosanova, Festival für junge Literatur, für die Zusammenarbeit und die Veröffentlichung der POEDU-Gedichte.

Fixpoetry, für die intensive Zusammenarbeit und die Veröffentlichung der POEDU-Gedichte, besonderen Dank an Julietta Fix, ohne die unsere Literaturlandschaft bedeutend ärmer wäre.

Literaturmagazin *Wortschau*, für die Veröffentlichung einiger POEDU-Gedichte, besonderen Dank an Johanna Hansen.

Juliane Ziese von der EDITION LYRIGMA, für das POEDU-Kartenspiel und für ihr ganz besonders schönes Wesen. Sowie ihre wichtige Unterstützung und Arbeitszeit bei der Entstehung dieses Buches.

Eltje Beltz, für die pädagogische Beratung.

Dorothee Mörike, für die pädagogische Beratung, aber noch viel mehr für die vielen, vielen Stunden der Videoanrufe mit Greta, 7, während der Pandemie. Das war die Rettung.

Katja Krauß, die eine große Hilfe beim Lockdown-Daten-Recherchieren war.

Christian Ingenlath, wie immer Kathrins Gehirnkasterlchen.

Monika Rinck, für ihr grandioses Vorwort.

ELIF VERLAG und seinen ganz besonderen Verleger. Das POEDU ist genau da, wo es sein soll.

Und meiner Tochter Greta, die mich erst auf die Idee gebracht hat und mit der ich viele wunderbare POEDU-Freitage verbringen durfte, an denen Worte wie Gold geschürft, uns gegenseitig um die Ohren geknallt, viel gelacht und auch gezankt wurde. Mein kleines liebes großes Erdbeben.

Danke auch an Suhrkamp Verlag Berlin und S. Fischer Verlag GmbH

Für Christian Ingenlath

HIDDEN TRACK

Poesie ist für mich, kreativ sein. Es ist einfach schön, Gedichte in besonderen Formen und Farben zu sehen. Ein Gedicht ist wie eine kurze Geschichte, die nicht in einem Buch steht. Sie steht entweder in einem kleinen Heft von einem Kind oder von einem Erwachsenen, wo ganz viel Fantasie drinsteckt, oder im Himmel.
Wanda, der riesige Riesensalamander, 8

Adiós, Kinder! Die Poesie in unserer Welt für mich seid ihr. Bitte bleibt das, ich zähl auf euch.
Euer POEDU

Mehr Lyrik für Kinder im ELIF VERLAG

Mäusekino · Uwe-Michael Gutzschhahn

Ein Versfest für Kinder · Mit Zeichnungen von Manfred Schlüter

„Ich will spielen, spielen, spielen“, sagte die Maus und begann, ihre Welt aus Wörtern und Sätzen zusammenzubauen, die sie sich ausdachte. Und alles, was sie in ihrer Fantasie erschafft, wird aus den Wörtern und Sätzen heraus vorstellbar, also bildhaft, egal ob real oder nicht.

Gedichte

Mit Zeichnungen von Manfred Schlüter

ISBN 978-3-946989-29-5 · 124 Seiten

Klappenbroschur mit Fadenheftung

€ 14,00

POEDU
Das Gedichte-Quartett für Kinder

Mit Illustrationen von Petrus Akkordeon und Aufgaben von Esther Andradi, Michael Augustin, Timo Brandt,Julia Dathe, Dorothee Mörike, Karla Reimert Montasser, Ulrike Almut Sandig, Patrick Wilden und Uljana Wolf

Danke an alle Kinder, die das POEDU gefüttert haben!

Juliane Ziese

www.edition-lyrigma.de

MEIN POEDU-BUCH